高看一筹

新闻阅评的实践与探索

魏劲松 著

长江出版传媒
湖北人民出版社

图书在版编目（CIP）数据

高看一筹:新闻阅评的实践与探索/魏劲松著. —武汉:湖北人民出版社, 2022.10

ISBN 978-7-216-10526-2

Ⅰ.①高… Ⅱ.①魏… Ⅲ.①评论性新闻—作品集—中国—当代 Ⅳ.①I253

中国版本图书馆CIP数据核字(2022)第210329号

责任编辑:杨晓方
封面设计:董　昀
责任校对:范承勇
责任印制:杨　锁

出版发行:湖北人民出版社	**地址**:武汉市雄楚大道268号
印刷:武汉邮科印务有限公司	**邮编**:430070
开本:880毫米×1230毫米　1/32	**印张**:6.25
字数:162千字	**插页**:2
版次:2022年10月第1版	**印次**:2022年10月第1次印刷
书号:ISBN 978-7-216-10526-2	**定价**:58.00元

本社网址：http://www.hbpp.com.cn
本社旗舰店：http://hbrmcbs.tmall.com
读者服务部电话：027-87679656
投诉举报电话：027-87679757
（图书如出现印装质量问题，由本社负责调换）

序

党的十八大以来，在以习近平同志为核心的党中央领导下，党的新闻舆论工作气象一新。

从舆论场来看，新闻宣传正能量强劲，主旋律昂扬，报道内容丰富、传播方式多样，有力地推动了社会进步，发出了时代强音，引导了社会舆论，起到了强信心、聚民心、暖人心、筑同心的作用。

从领导力来看，在习近平新时代中国特色社会主义思想的指导下，在习近平总书记新闻舆论工作重要论述的指引下，各级领导高度重视新闻舆论工作，新闻宣传部门领导有方，行政管理部门监管到位，新闻行业组织服务有道，中国特色的新闻宣传管理体制机制运转有力。

从主力军来看，新闻媒体坚持党性原则，坚持政治家办报办台办网，坚持马克思主义新闻观，坚持团结稳定鼓劲、正面宣传为主的方针，坚持遵循新闻传播规律和新兴媒体发展规律，不断推动媒体深度融合发展，努力推进体制机制创新，激活人才潜力和发展活力，努力推动传播内容、渠道、平台和经营管理创新，有力地巩固了舆论阵地，扩大了主流媒体的覆盖面，让党的声音传得更广、更远。

如果上溯到党的创立、革命、建设和改革开放各个时期，我们会对党的新闻宣传工作有更多规律性的认识。党的百年新闻宣传史告诉我们，新闻舆论宣传历来是党的一项重要工作。优秀的中国共产党人不但是科学真理的传播者，而且是宣传工作的行家里手。百年风雨征程，党始终是引领时代方向的主心骨，是引导舆论导向的定盘星。无论是在新民主主义革命时期，还是在社会主义建设时期，抑或在改革开放时期，党都高度重视新闻工作，把笔杆子和枪杆子牢牢抓在手中，把传播党的思想主张始终放在首位。百年披荆斩棘，新闻工作始终是党统一思想的强大武器、凝聚力量的重要工具。百年与时俱进，新闻工作者始终听党话、跟党走，与党和人民同心同行。先进的新闻工作者是党的忠实宣传队，走到哪儿就把党的方针路线宣传到哪儿，中国共产党为民族谋复兴、为国家谋富强、为人民谋幸福的真诚使命感动了千千万万老百姓。党的新闻工作者是先进的播种机，把党为百姓摆脱贫困谋幸福、为群众促改革建成全面小康、为人民推发展共同富裕的好政策播撒到人民的心田，使亿万人心始终向着中国特色社会主义。党的新闻工作者是昂扬的奋进鼓，用西柏坡的电波把浴血奋战百折不挠解放全中国的正义之声传遍中华大地，用大庆油田的号角激励群众自力更生发愤图强构筑社会主义国家政权大厦，用特区开放的潮声鼓舞人民解放思想锐意进取创造了改革开放和社会主义现代化的伟大成就，用浦东和雄安的强音奏响了自信自强守正创新的伟大时代新乐章。

由此可见，党和人民的事业不断取得巨大进步，科学的理论是指南针，正确的舆论是定盘星。从党领导宣传工作取得的新成绩来看，全面的领导是关键，科学的体制是基础，正确的方法是重点，优秀的人才是根本。

新时代新闻舆论工作取得好成绩，是因为习近平新时代中国特色社会主义思想的科学指引为我们开展新闻舆论工作提供了根本遵循；是因为以习近平同志为核心的党中央把新闻舆论工作作为治国理政、定国安邦的大事，习近平总书记亲自谋划新闻事业发展、统一部署新闻舆论工作、坚定指挥媒体融合发展、亲切关怀新闻队伍建设，为党的新闻事业持续发展注入了强大动力；是因为各级党委和政府坚决落实党的方针政策，坚持正本清源、守正创新，带领各级新闻宣传部门做好管理和服务，推动媒体围绕中心、服务大局、做好新闻宣传工作；是因为各级媒体引领新闻工作者坚持正确的政治方向、舆论导向、新闻志向、工作取向，不断增强脚力、眼力、脑力、笔力，投身融合发展大潮，适应信息技术巨变，做党的政策主张的传播者、时代风云的记录者、社会进步的推动者、公平正义的守望者。

总结改革开放以来的新闻宣传工作，我们还可以得出一些规律，党领导新闻宣传管理的体制是取得新成就的关键，党委宣传部门是党领导新闻工作的指挥枢纽，新闻出版、网络、广电、记协是新闻管理和服务的主要部门，依法管理、行政管理、行业自律和社会监督是新闻管理的基本理念。新闻宣传管理和服务的重要机制是取得新进步的根本，新闻信息发布机制、新闻宣传协调机制、新闻报道阅评机制、新闻评选表彰机制、新闻道德评议机制是落实党的宣传方针政策、取得新闻宣传成绩的重要基础。这些年新闻宣传工作有序有效，与这些统筹机制和新闻例会、通气会、评选会、评议会等重要制度安排是分不开的。

放在这个背景下，放在发挥中国特色社会主义新闻宣传管埋体制机制作用的背景下，我们来看新闻阅评这项工作，看湖北咸宁市新闻阅评建设，看魏劲松同志的这本书，就会有新的认识。

新闻阅评是新闻管理工作的组成部分，是坚持正确舆论导向、推进新闻宣传改革创新、加强新闻队伍建设的一个重要制度安排。1995 年，在中共中央宣传部的领导下，各级宣传部门开始建立事前引导、事中协调、事后阅评的新闻宣传宏观管理机制。目前全国已建立媒体自评、互评、专业阅评队伍重点评相结合的新闻阅评工作体系，形成制度化、规范化、专业化、常态化的工作机制。通过阅评，可有效促进媒体进一步增强使命感责任感，引导新闻工作者更好履行职责使命，切实做到用功书写精品力作，把新闻舆论工作和主题宣传报道做得更好，为服务全国工作大局做出更多贡献。

党的十八大以来，新闻阅评工作从上到下得到了各级党委和政府的高度重视。湖北省咸宁市建立了专门的阅评机构和队伍，确立了新闻阅评健康运行的合理机制。机构健全、制度完善、人员到位、保障有力，这一做法，值得全国借鉴！

从这本书中，我们欣喜地看到，咸宁的经验还在于当地领导善于运用新闻阅评这根指挥棒，指导新闻媒体做好新闻报道、推动融合发展、提高宣传质量；指导地方深入推进理论创新、推动思想解放、促进地方发展。咸宁市委宣传部和《咸宁日报》把阅评作为学习交流的加油站、主题报道的检验尺、增强“四力”的助推器，长期坚持、久久为功，必将对媒体高质量发展发挥重要而特殊的作用。

从这本书中，我们高兴地读到，咸宁对新闻阅评工作“高看一眼”，是因为对党的新闻宣传事业厚爱一层，想把咸宁宣传工作做得更好；阅评员对咸宁媒体的评析“高人一筹”，是因为咸宁对阅评员关爱三分，想共同努力把咸宁媒体办得更好；咸宁注重发挥阅评的作用，是因为各级领导胸怀宽广，敢于请人批评、勇于纳谏，善于请人支招、乐于请益，愿意了解眼光更远、脑力更深的“高手”的真知灼见，真正吸收脚力更健、笔力更锐的各方人士的宝贵建议。咸宁市现代型领导的思维方法，体现了新时代领导干部的韬略风范。

魏劲松同志曾经是中央媒体记者，有全国眼光；是区域发展研究的智者，有经济谋略。从书中的这些阅评报告，我更看出他是一位爱咸宁也爱湖北的实诚人，一位爱朋友更爱真理的参谋长。他有记者的热情，有作家的才情、无私奉献、可爱真诚，因此阅评有点有面，深入解剖案例、辩证阐释观点；有情有义，点评直率泼辣，建议中肯实用；有圆有方，讲成绩实事求是，谈问题不留情面。

如何让地方媒体办得更好些？劲松同志用“高看一筹”作书名，表明了他的鲜明观点，也体现了他的殷切期待。

对地方媒体高看一筹，就是要有全国眼光，跳出本地看本地，提高宏观思维能力，强化大局意识。阅评员观察地市党报，宏观意识、中观视角、微观分析，三者不可缺少。因为地市党报承载着宣传贯彻中央精神、省委部署、市委决策的重要任务，只有依托宏观背景把握定位、站位、坐位，写好报道、做好宣传，才能体现党报的权威性，才能挖掘报道的深度内涵，才能在互联网条件下赢得新闻竞争的主动。劲松同志的阅评站位高，源于他不断深入学习和研究中央精神的习惯。他有对中央重大会议、重要决议和文件吃深吃透的能力，从而能结合省委部署和市委重大决策，从宏观层面理清城市发展的思路，并通过新闻阅评阐发出来。

对地方媒体高看一筹，就必须有专业水平，跳出媒体看媒体，提高科学思维能力、强化规律意识。阅评员观察地方党报，科学思维、专业精神、有效方法，须臾不可缺少。阅评员的切入点和落脚点必须体现在帮助提高舆论引导能力上。地市党报如何办？怎样在互联网时代日趋激烈的新闻竞争中赢得主动？阅评员必须掌握新闻传播规律和新闻宣传工作的十八般武艺，在新闻理念、新闻表达、新闻传播包括图片、版面等各个方面看出报纸的长短优劣，才能评出新意和深度，才能让采编人员受益，才能真正提高办报水平和传播能力，让地市党报真正成为引导舆论传播的推进器和推动工作落实的加速器。

魏劲松同志是我国经济报道领域的知名记者和专家型学者，其“资本运营系列报道”曾获中国新闻奖一等奖。他紧紧围绕在互联网条件下市级党报如何发挥舆论引导优势，提高权威性，推动城市的社会经济发展等一系列重大时代课题进行思考和阅评，如深度报道的策划、破题、推出方式，评论和言论的宏观立意，好的头版在一个好头条、一篇好评论、一幅好照片“三个一”的结合中实现统一，会议新闻如何做到新、深、活，人物报道须接地气，重大自然灾害和应急应险报道运用新闻分析进行舆论引导等，很有见地。另如图片新闻如何吸引人眼球，对比性报道如何让人强信心，优化营商环境的报道如何做好，多次重复的区域性报道如何推陈出新，等等，值得借鉴。

劲松同志视野开阔，常与我探讨全国媒体的新情况新变化，谈到重大主题宣传，我们达成了共识：要在主题、重在特色、贵在融合、美在形式、胜在人才。

要在主题，必须突出主线，把主题报道做好，把重头报道做深，把特色报道做亮，把一线报道做活，让习近平新时代中国特色社会主义思想入耳、入脑、入心，让主旋律更加昂扬奋进。

重在特色，必须坚持内容为王，立足区域和行业特色，充分运用小切口呈现大主题、小故事反映大变化、小视角折射大时代，展示各地各行业发展巨大成就和光辉历程。

贵在融合，必须坚持融合优先，强化受众意识、产品意识、创新意识，通过个性化生产满足广大受众的各种需求，推动媒体高质量发展。

美在形式，必须做出专业深度、做出一线特色，注重版面设计、时段策划、图文配合、时机选择等细节，增强新闻报道的吸引力、感染力。

胜在人才，必须坚持以人民为中心，推动新闻工作者不断增强“四力”、采写精品佳作，打造一支政治过硬、本领高强、求实创新、能打胜仗的新闻队伍。

对地方媒体高看一筹，就得有高招真知，跳出宣传看宣传，提高站位和格局胸怀，强化发展意识。地方党报是地方党委、政府的智囊团，是高质量发展的思想库。阅评员，要理解党报所谋、参透党委所思，进得去、出得来，看得透、道得明，想得到、做得实。要有推动决策和引导舆论的眼光，通过对新闻作品的系统分析，在更高的层面引导报道展现高度、深度、厚度，引导报纸做到有新意、有思想、有品位。

“高看一筹”从何而来？

从实践中来。这些阅评作品是新闻作品的一次再创作，反映了咸宁媒体的特点和发展，也体现了创新思维，展示新闻阅评工作的新进展，有利于市级党报提质升级，适应互联网竞争，提升阅读量和覆盖面，提高舆论传播力、引导力、影响力、公信力。

从科学中来。这些从新闻规律角度着眼的阅评作品，富于思想性、指导性和实践性，对于各类党报具有指导意义。

从责任中来。在阅评中高人一筹，必须有低头深研的作风，必须有学思笃行的修养，必须有热爱事业的精神。阅评作品背后是精神境界，是综合素质，是本领能力。它不仅仅是对阅评员的要求，也是对办好报纸的要求，更是对新闻工作者的要求。

我们期待着更多让人“高看一筹”的新闻作品、新闻阅评、新闻工作者的大量涌现，推动我国新闻事业更加繁荣。

殷陆君

中华全国新闻工作者协会国内部主任

目　录

新闻 XIN WEN
FEN XI PIAN 分析篇

找准精准扶贫报道的突破口

精准扶贫是党中央、国务院为实现脱贫攻坚目标所制定的一项重大战略决策。精准扶贫的新闻报道如何做？如何以小见大，反映出精准扶贫的成果？《咸宁日报》2018 年 6 月 1 日的报道《张铜均的媳妇回来了》进行了可喜的突破和探索。这则报道主要有四个特色。

好故事有特色。讲好中国故事，是习近平总书记对媒体宣传有中国特色社会主义的重大要求。尤其是在手机和移动互联网成为人们获取信息重要渠道的背景下，通过好故事来引人入胜，是吸引新闻注意力和阅读力的有效方式。

老胡洞村位于鄂赣两省交界的高山区，是高枧乡最边远的一个村，距崇阳县城 85 千米，村民进城得先翻越海拔 1000 多米的横埂岭，然后到乡镇坐车。《张铜均的媳妇回来了》这篇故事，看文喜山不喜平，曲折生动有情节，先讲了张铜均 30 岁还没结婚，2005 年好不容易娶了媳妇，又因为岳父岳母嫌弃老胡洞村的山高地远和交通不便，妻子结婚三天就去县城再没有回来。原来是岳父岳母在县城为女儿安排了工作，还凑钱为小两口买了房子。

扶贫攻坚为老胡洞村带来了巨大的变化。基础设施和产业帮扶使昔日的贫困村旧貌变新颜。2017 年村支书找到张铜均的妻子陈加平，希望她回村担任妇女主任。当时陈加平已在县城一所幼儿园当上了老师，日子轻松安逸。但夫妻俩回村一看，决定加入精准扶贫的队伍中，于是辞掉工作重回家乡。不久后，该村新的安置点建成，张铜均特地把岳母接来看一看。这一来，岳母彻底改变了对老湖洞村的看法。

短短一篇1000多字的故事，有前奏，有发展，有过程，有结果，前后呼应，既有山穷水尽的曲折，又有柳暗花明的起伏，能够引起人们的阅读兴趣，激发人们迫切了解故事结果的欲望。阅读下来，这一个生动的小故事，反映了精准扶贫的大主题，耐人寻味，生动有趣。

图文和语言有特色。这篇故事不是只用文字表述，而是在文字前面搭配了一张陈加平喜笑颜开，作为妇女主任入户调查的彩色照片。图文搭配，版面生动活泼，见人见事，大大增强了故事和人物的说服力。看得出来编辑部在采编这篇故事时，做足了策划和搭配的功课，下了一番功夫。

语言生动有特色。除了情节曲折，图文搭配以外，这篇故事语言也颇具特色。如描述老胡洞村的贫困，故事用了老百姓的顺口溜："老胡洞人懒又懒，出门巴茅割了颈，天晴不用戴麦笠，下雨不需打雨伞。"短短四句话，就把人们的精神面貌和村子里的贫穷落后，栩栩如生地展现了出来。故事后面作为对比，用了张铜均岳母的一句话："路修好了，房子盖起来了，鸟语花香，空气清新，这里真是世外桃源。"这句话也成了张铜均岳母改变原先看法，支持小两口回村发展的思想脉络和依据。

表达思想有特色。这篇故事没有过多的说教，主要靠故事情节吸引人，但它却反映出了一个重大主题——精准扶贫。虽然重点在讲人物，讲故事，但它反映的本质却是扶贫攻坚带来的穷村巨变。一滴水能够反映出太阳的光辉，一则小故事，从实践的角度，表现了这几年脱贫攻坚带来的巨大成果，具有更为强大的说服力。

不搞说教讲故事，把脱贫攻坚的思想和政策隐藏在故事和人物后面，让读者阅读后自己去做结论，在潜移默化中感受脱贫攻坚带来的变化和成果，满足了讲好中国故事的客观要求。当然这篇故事也有不足，如能用对比的方式，说一说现在从村里到县城的时间和距离的变化，就更能反映出精准扶贫的具体成果，使整个故事更有说服力和依据性；如果用老百姓新的顺口溜来反映如今老胡洞村的样貌，故事就会更加完整和具有特色。

建设公园城市的“三个视角”

2018年7月16日《咸宁日报》在头版偏头条位置，推出了以《香城时评》为栏目的时评文章《将咸宁建成公园城市》。在结构上，这篇时评以“如何理解公园城市”“为什么要建公园城市”“公园城市到底怎么建”为题，回答了如何将咸宁建成公园城市的重大理论和实践问题，为我们贯彻落实党的十九大精神，理清咸宁的城市建设思路，加快高质量发展提供了值得关注的三个视角。

立意高远。贯彻落实党的十九大精神，一方面我们要认真学习党的十九大报告，深刻领会十九大报告所阐述的基本观点和重要思想；另一方面，则要把党的十九大精神贯彻于城市建设和发展的始终，成为全市上下加快经济和社会发展的重要遵循。

这篇时评，以贯彻落实党的十九大精神为主线，按照习近平总书记提出的山水林田湖是一个生命共同体①、城市是各类要素资源和经济社会活动最集中的地方，全面建成小康社会，加快实现现代化，必须抓好城市这个“火车头”②的重要指示精神，旗帜鲜明地提出了咸宁建设公园城市的重要意义和选择路径，把它上升到“是咸宁迈向绿

---

①《关于〈中共中央关于全面深化改革若干重大问题的决定〉的说明》，《求是》2013年第22期。

②《中央城市工作会议在北京举行》，《人民日报》2015年12月23日。

色高质量发展的关键一步”“是绿水青山就是金山银山理念在城市规划建设中的全面体现”“是生态文明引领城市发展的新模式、新路径、新理念”。这就使得整个时评有了一个高远的立意，成为咸宁市贯彻落实党的十九大精神的具体实践和发展战略的突破和提升。

贴近实际。如何以党的十九大精神为指导，努力在实践中探索出一条符合咸宁发展实际的路子？这篇时评为我们提供了一个认识咸宁、分析咸宁、优化咸宁的视角。咸宁建设公园城市不是凭空臆想，不是突发奇想，更不是异想天开，而是接天线，践行发展理念的重大举措；接地气，契合城市发展特点的重要部署。

湖北省委、省政府明确要咸宁格外珍惜绿色优势资源，更加坚定地走生态优先、绿色发展之路；省政府领导同志更是要求咸宁要发挥生态这个最大的优势，坚持“穿新鞋”“走绿道”，努力实现绿色崛起。

时评紧紧围绕咸宁实际，从资源禀赋，文化脉络，产业构成三个层面，逐一分析了咸宁建成公园城市的优势条件，明确提出了咸宁打造中国“中部绿心”，建设国际生态城市的发展目标，以及围绕这个目标“2020 看咸宁”的工作要求，把城市建设管理进一步提档升级，建设人与人，人与自然和谐共处的美丽家园，满足人们对城市美好生活的需要。这些观点和论述，不仅使这篇时评有了一个符合咸宁实际的坚实立足点，同时也为咸宁发展构筑了一个未来可期的宏伟蓝图和可以实现的奋斗目标。

分析深刻。既要“立足咸宁看咸宁”，又要“跳出咸宁看咸宁”，在明确了“怎么看”和“怎么办”之后，时评紧紧围绕“怎么干”提出了一系列的明确思路和措施。从坚守生态底线、建设五彩咸宁、传承历史文脉、推进产城融合四个方面逐一进行了论述和分析，从而把“怎么干”的问题逐一落到了实处。

看得出来，时评的作者和编辑部的领导，非常明确市委、市政府关于咸宁建设公园城市的战略决策和指导思想，通晓咸宁的市情。在推出这篇时评的过程中，精心构思，反复思考，认真提炼，深度概括，使得整个时评具有很强的时代感，也具有了深度和特色，是《咸宁日报》2018 年以来力透纸背的一篇优秀时评文章，对于全市上下认真学习领会市委、市政府关于建设公园城市的总体思路，全域化推进公园城市建设，必将起到很好的舆论引导和宣传教育作用，值得肯定和好评。

从产业新城报道看产业发展的比较优势

产业始终是一个城市发展的支柱和基础，尤其是对咸宁这样长期支柱产业发展不足，而又具有后发优势的城市而言，产业发展，在一定程度上决定了咸宁的经济活力、趋势走向和城市未来。

2020年6月16日，《咸宁日报》在“建设转型发展示范区调研行”的开篇栏目中，推出了《嘉鱼：产业新城在崛起》的头版头条报道。重点介绍了嘉鱼产业新城的基本情况和发展态势。

这篇报道围绕“是什么”“为什么”“怎么办”三个核心问题，客观地回答了在经济发展不平衡的地区，如何通过产业落地和布局发展，形成比较优势；如何通过快速发展缩小差距，努力实现后来居上。比较优势的形成主要依靠三大要素来支撑。

营商环境支撑。在产业发展的过程中，地方党委政府会比较强调区位优势、资源优势、交通优势等。其实在比较优势中，这些都是自然和物质的要素，是招商引资和产业发展必不可少的优势和条件。但一个大的产业落地和布局成型，最重要的是人的优势，是营商环境的优势，是以法治为根本的可持续发展的优势。

从历史上看，嘉鱼在全省县域经济中出现了官桥八组和联乐集团两大明星村组企业；全省在咸宁召开县域经济工作会的第一站就是田野集团。全省最早的县域经济民营化改革也出现在嘉鱼；目前有两所武汉民办高校的分校和一所中学正在加速建设，一批产业项目如火如茶。这些都说明营商环境的不断优化，正在成为嘉鱼加快发展的“金字招牌”。正像人们提问的那样，产业新城能够在嘉鱼形成气候，除了一系列优势以外，嘉鱼长期形成的重商、爱商、护商、尊商环境，是产业新城落户并快速建设发展的重要原因。

产业集群支撑。和传统招商引资单一项目不同，现代产业形成的比较优势，越来越看重产业集群和产业链的上下游合作与衔接。根据规划，嘉鱼产业新城将围绕武汉大车都、大光谷产业板块，重点培养汽车及零部件、专用设备、新材料三大产业集群。截至2020年5月，嘉鱼产业新城已先后签约18个汽车及零配件专用装备制造类产业项目，合计投资额超过60亿元。“一业引来百企兴”的产业集群和上下游产业链正在形成。

协调发展支撑。现代产业的发展，越来越强调自然、产业、社会的和谐发展。嘉鱼产业新城项目启动之初，就投入重金邀请国际知名咨询机构为其量身定制产业发展规划，确立了汽车及零部件、专用装备、新材料三大主打产业。除此之外，为了充分激发县域发展活力，嘉鱼产业新城还将建设制造小镇、创业小镇等多个不同业态的产业小镇。更重要的是，嘉鱼产业新城把产业文明、精神文明、生态文明规划成一个协调发展的整体，把嘉鱼江、湖、田等自然因素融合在“城在田中，景在城中”的规划里，引进设计人才，启动自动化智能制造升级，打造华中地区时尚设计中心。

在产业新城整体规划的“两心、两区、三带、两镇”空间结构中，把产业服务、新城综合发展、生态景观、环境保护、文化建设融为一体，并构建适应外来人才、大学生和农民自主创业的“智造”小镇和时尚小镇，必将促进人与产业、人与生态、人与先进文化协调发展新格局的形成。

防汛抗洪报道要善用“新闻分析”解读

暴雨如注，江水猛涨，长江防汛抗洪告急。2020 年 7 月 12 日国家防汛抗旱总指挥部将防汛三级响应提升至二级；水利部也将水旱灾害防御三级响应提升到二级。

湖北历来是长江防汛抗洪的重中之重。万里长江，险在荆江，而紧靠荆江的长江咸宁段，自然也不能排除在危险之外。在咸宁嘉鱼就有“簰洲西流弯一弯，武汉水落三尺三”的形象描述。

进入汛期，《咸宁日报》闻风而动，围绕市委、市政府的决策部署，推出了一系列防汛抗洪的头版头条综述、系列评论、重点报道和特写，很好地展示了咸宁人民力战暴雨和洪水的伟大壮举。面对强大的暴风雨和来势汹汹的长江洪水，抵御自然灾害的报道，除了要运用各种新闻报道样式，还要尤其重视“新闻分析”在整个防汛抗洪报道中的作用，凸显党报特色。

互联网时代，纸媒和电视的传统优势正在不断减少，手机已成为人们获取新闻资讯的第一选择。在这种情况下，如何重新确定报纸的优势，“收复”被互联网和手机掠走的“新闻失地”，是报纸从业人员，尤其是党报工作者面临的紧迫任务和社会责任。对此，“新闻分析”是重新确立报纸优势的一个利器。

互联网时代，手机自媒体虽有快、新、活，以及图片、视频等吸引人们眼球的优势，能够最快地满足受众对新闻资讯的基本要求，但是它具有碎片化，缺乏系统性和权威性的特征，在自然灾害和突发事件面前，难以组织不同部门、社会团体和权威专家共同针对一个事件进行深度分析和解读。报纸开设新闻分析专栏，则可以弥补这个缺陷，因为报纸围绕重大自然灾害进行新闻分析，可以在以下三个方面形成自己的核心竞争力和媒体优势。

条理化。面对整个自然灾害和突发事件，按照专栏设置的要求，可以有条不紊地进行新闻分析，从而提高整篇报道的系统性集成。如今年雨水既多又大，如何看待这一自然现象？可请市气象局的专家，围绕“今年的暴雨为何这么多”进行详细解读；洪水来袭，咸宁长江段地势如何，堤面和水下土质状况和泥沙有哪些特点？可以让地质专家逐一分析；长江涨水和退潮时哪些是堤防的工作重点？可委托堤防专家围绕“涨水防管涌和渗漏，退水防崩岸和垮堤”进行提醒；咸宁整个重点险工险段哪些是长江防汛抗洪的重中之重？可邀水利部门的专家针对“堤段险中险防护重中重”来展开论述。总之，条理化和系统性的新闻分析，是互联网和自媒体在短期内所不能形成的资讯优势，而党报资源整合和系统解读，恰恰可以充分发挥自己的优势，并使其强化。

权威性。新闻报道令人信服的传播力在于它的权威性。碎片化的特点决定了新媒体的新闻只能东一榔头西一棒槌，而纸质媒体开设新闻分析专栏和策划在先，其公信力和权威性可以得到新闻受众的充分认可。按照内容的各自属性，可邀请全市最权威的专家针对社会大众最急迫了解的重点问题逐一进行权威解读和重点分析，如此可以增加公众对自然灾害的感性认识和抗洪紧迫感，从而调动和激发起公众强大的时代责任感和社会凝聚力，推动整个防汛抗洪工作的顺利进行。

影响力。新媒体的优势在于它的快捷，电视媒体的特点在于它的可视性，而报纸媒体的一大优势，就是它的深度解读。即通过新闻分析的方式，把事物背后最本质的内容和规律，通过科学分析展现给读者和受众，而这恰恰是新媒体和电视媒体所缺乏的。整体策划，权威解读，通过新闻分析的专栏形式，在报纸推出后，辅之以移动互联网的有效传播，把多手段调动整合起来，就可以极大地增强新闻分析的社会影响力，使新闻策划、深度解读、有效传播成为一个有机的整体，让党报的公信力、权威性和影响力在具体报道、科学分析和栏目设置上发挥得淋漓尽致。

分析性新闻如何“做”

2020年10月13日，《咸宁日报》在头版头条位置推出了《嘉鱼为何办大学——写在武昌首义学院嘉鱼校区开学之际》的工作通讯。这本是一篇新闻性很强的分析性报道，但通观整个作品，作为分析性新闻应该充分表现出来的内容和深度却没有得到很好的体现。倘若采编人员具备更强的信息采集、分析思辨和结构组织能力，这篇报道可以成为一篇含金量十足的优秀新闻作品。

之所以这样分析和评论，是因为武昌首义学院不仅是报道中介绍的是经教育部批准兴办的本科层次的全日制普通高等学校，是我国首批独立学院之一，而且是湖北省内第一所在武汉之外设立新校区、第一所安排新生入住新基地的民办大学，这不仅对全省，而且对全国民办大学，都具有标志性意义。可惜这些重要的背景信息，文中都没有采撷和介绍，从而使整个报道缺少了信息特色和新闻分量。从全局着眼，这篇分析性新闻还存在着结构不优、采访不深和分析不透三个问题。

首先看结构。从题目分析入手，本质的问题不是“嘉鱼为何办大学”，而是“武昌首义学院新校区为何花落嘉鱼”。可能采编人员从《咸宁日报》的地域特色出发，想突出嘉鱼这个主体。但恰恰相反，作为一个投资30亿元的大学新校区项目，主体应该是武昌首义学院，由此在结构上应该呈现为武昌首义学院看中了什么、嘉鱼县干了什么、一所大学带来了什么的逻辑递进的结构和层次。站在读者的立场观察问题，人们最关心的不是嘉鱼为何办大学，而是武昌首义学院新校区为何没有选在武汉市郊、孝感汉川、鄂州等地，而是选择了嘉鱼这样一个县域小城。据多方了解，武昌首义学院新校区选址嘉鱼是学院扩大规模，品牌外溢的需要，顺应了民办教育规模化和品牌化的需求，以此为龙头，将带动湖北范围内形成一大批公办和民办院校在武汉之外建立新校区的热潮，助推武汉高校外迁。但新校区选在哪里，却体现了武昌首义学院决策者的眼光，包括对区位、交通、土地等资源优势的认同，以及嘉鱼与其他县市区投资环境的比较。这样就可以从内在需求和外在投资环境两个层面分析出武昌首义学院看中了什么、嘉鱼县干了什么，从而揭示出一所大学落户嘉鱼的奥秘，回答出读者最为关心的校址选择问题。

其次看采访。这篇报道有一个很大的缺失，就是没有对武汉军威文化传播集团有限公司董事长金国华的采访。一个投资 30 亿元的大学城项目。怎么选择了嘉鱼？为什么要选择嘉鱼？如果记者下一番功夫，直接采访到投资人金国华，一定可以得到许多决策过程的内幕，解开落户嘉鱼之谜。没有采访到决策者和拍板人，就难以得出权威性的解释，也少了很多令人信服的分析和观点。另外，如果通过金国华之口，畅谈嘉鱼的投资环境，也更令人信服和具有强烈的示范效应。

最后看分析。一所大学带来了什么？突出的概括和分析是“两新”。一是“新品牌”。嘉鱼过去以蔬菜大县著称，素有“北有山东寿光，南有湖北嘉鱼”的美誉。随着武昌首义学院、武汉东湖学院等一批民办大学新校区的建设，“嘉鱼大学城”新品牌呼之欲出。教育为本，重教兴业，嘉鱼形成了从幼儿园到大学完整的教育产业链条。大学城新品牌的打造，不仅提升了嘉鱼的县域内涵，成为全县招商引资，产业发展的“金字招牌”，而且将为县域经济发展注入新的投资活力和人才动力。二是“新消费”。一座大学城就是一座消费城。一旦两所大学达到学生入住规划，将给嘉鱼带来几万人的消费规模，学校周边也将因此而崛起一批以校园消费为主体的学习、餐饮、电商、贸易、物流、娱乐等配套园区和项目，这对于国家提出的扩大消费，激活内循环战略大有益处，从而有效提升整个嘉鱼的消费能力和水平，促进服务业的繁荣，带动县域经济的健康发展。从“两新”入手，可以更好地揭示和回答“大学城带来了什么”，从而赋予新闻作品更高的立意和更深的内涵。

食品安全示范重在立足“三讲”

民以食为天，食以安为先。食品安全既是人民群众赖以生活和生存的首要条件，也是国家社会经济发展的重要基础。2021年5月20日，《咸宁日报》在头版头条位置推出了长篇通讯：《高品质生活的绿色音符——看崇阳如何创建省级食品安全示范县》。这是一篇新闻内涵很足的时政报道，它有两个特别值得关注的“新闻眼”。一是作为全省食品安全示范县，崇阳承担着在全省范围内率先示范、实践探路的重要作用，要显示出示范意义和可以为其他县市区所借鉴的实践路径及具体办法；二是作为一个事关全局和群众关注的重大民生问题，如何在实践中走出一条符合县域实际的发展新路子，体现出崇阳探索和崇阳经验。

就整篇报道来看，这篇通讯基本上总结了崇阳的试点经验，初步提供了可供借鉴的食品安全“崇阳路径”，例如“一票制”、“互联网＋”、病死畜禽无害化处理和相关资源的循环利用，等等。但作为一个省级食品安全示范县，这篇报道也存在着一些明显的问题，主要是缺乏对宏观背景的分析介绍，以及崇阳经验理论归纳和实践概括，从而降低了典型说服力和实践操作性。总结而言，全文应重点围绕“三讲”展开。

讲背景。核心是讲崇阳创建食品安全示范县的全局性意义。从宏观着眼，食品安全问题牵涉着纷繁复杂社会生活和社会矛盾的诸多问题。如法律制度有待进一步完善，食品安全生产经营主体多、规模化程度低，生产经营环境风险大，政府市场监管和社会监督亟待改善等。这些问题的产生源自食品生产自身的特点，主要包括涉及链条长且复杂、相关因素繁多、话题敏感关注度高、监管工作难度大等。据统计，自2006年到2015年，食品安全问题连续10年成为全国建成小康社会进程中最受民众关注的十大焦点问题之一。现代信息传播方式使得任何一个食品安全事件都可能在瞬间传播到社会每一个层面，引起重大关注，甚至成为“黑天鹅”事件。正是这些因素的存在，更凸显出报道崇阳示范和经验的意义。涉及背景问题，文字着墨不一定多，但一定要点到，因为它涉及食品安全示范的宏观意义。

讲归纳。经验上升到理性认识主要靠归纳。崇阳的基本经验可以归纳为“三个严”，即源头严防、过程严管、风险严控。

如何把好源头关，守住食品安全的第一道防线？崇阳在实践中创造出了在省级农贸市场实施农产品“一票通”的制度。“一票通”作为食用农产品销售凭证，主要包括食用农产品的名称、产地、规格、数量、单价、单位、金额、销售者名称、证照号码、货主和购货者的地址与联系电话等。“一票通”票面上印着“以上食用农产品，均已履行进货、检查、验收法定程序，索证索票齐全，销售者特此声明”的字样，还有经办人的签字盖章，便于消费者认可和追溯。这就从源头上筑起了一道严防的红线，只要涉及食用产品，都得凭“一票通”凭证给单位和部门食堂送货，如果没有“一票通”，就不能收货。在此基础上，崇阳又增加了“合格证+快检”的方式，在市场设立检测办公室，对各类食品进行快速检测，凡发现有销售假冒伪劣和农药残留超标农副产品，立即停止销售，并在电子显示屏上予以公告。

严管严控贵在用好互联网和大数据平台。从2017年起，崇阳就以创建省级食品安全示范县为契机，运用互联网和大数据打造了“市场监管服务一张网”。实现了市场主体的网格化 + 分类监管、投诉举报指挥调度、突发事件应急指挥、综合案件执法、质量安全监督等几大功能的统一设置，通过信息化、网格化管理，形成了点、线、面立体监管格局，全县共接入食品生产经营者 511 家，实现了生产者和消费网点的全覆盖。

在“互联网 + 明厨亮灶”监管中，监管人员可以运用后厨视频智能巡检系统对全县的视频监控画面进行抽样抓拍，再通过人工智能识别，对违规行为实现线上远程监管、整改任务跟进。经营主体可通过系统完成对整改任务的接收及报送，从而实现了食品日常监管向无纸化、智慧化转变。

讲引领。崇阳作为省级食品安全示范县，示范作用能否体现的一个重要落脚点就是能否通过先行先试，对全国的其他县市区起到引导和示范作用。在这一点上，这篇报道在经验层面还是做了很好的介绍，其中尤为引人注目的除了在农贸市场首先实现了人车分流、干鲜分设和电子信息化管理外，崇阳投资 2900 多万元在全市率先建立了病死畜禽无害化处理中心，杜绝了病死畜禽流入市场。该处理中心采用目前国内最先进的干化制法处理技术，病死畜禽经过高温高压化制的方式彻底灭菌，完全分解为油脂和骨肉粉末。油脂提炼成生物柴油，骨肉粉末用于制作有机肥料，实现了有机废弃物的循环优化和综合利用；产生的污水经过 10 多道工艺消毒，6 道工序处理后达标排放，生态效益显著。目前，崇阳共创建标准化畜禽养殖区 37 个、屠宰场 3 个，全部严格执行生猪入场检查验收、屠宰操作、肉品品质检验、无害化处理和肉品质量信息追溯制度。这家全市唯一的处理病死畜禽无害化处理中心，年处理病死畜禽达 6000 吨，年产副产品化肥用骨肉粉末 1116 吨、工业油脂 540 吨，成为注重食品安全、环境保护、循环利用的典范。

除了崇阳，该处理中心的业务范围还扩展到了咸宁市其他5个县市区，共设置了6个收集中心、11座冷库，在各大中型养殖场和各乡镇设置600多个收集暂存点，实行全封闭收集处理，可以对全部暂存点进行网络可视监控。

乡村振兴：“三同”折射“三大发展”重点

2022 年 7 月 22 日，《咸宁日报》在头版头条位置推出了《同富，同治，同享——推进乡村全面振兴的横冲路径》的重点报道。8 月 27 日，报纸又在头版《泉都观察》栏目刊发了《咸宁：乡村振兴如何行稳致远》的新闻述评，述评以通城县北港镇横冲村乡村振兴的发展成果为背景和引导，对全市乡村振兴的情况进行了全面的梳理总结和客观分析。

在两个月的时间内，分别在头版头条和一版突出位置，以不同形式重点刊发横冲村实施乡村全面振兴的重点报道，反映了《咸宁日报》编辑部对实施乡村振兴战略的科学认知和运用重大典型推动工作的高度重视。

乡村全面振兴是事关全局可持续科学发展的重大战略问题。习近平总书记强调，全面建设社会主义现代化国家，实现中华民族伟大复兴，最艰巨最繁重的任务依然在农村，最广泛、最深厚的基础依然在农村。从世界百年未有之变局看，稳住农业基本盘，守好“三农”基础是应变局、开新局的“压舱石”。① 现在我们的使命就是全面推进乡村振兴，这是三农工作重心的历史性转移；全面实施乡村振兴战略

① 《坚持把解决好“三农”问题作为全党工作重中之重，举全党全社会之力推动乡村振兴》，《求是》2022 年第 7 期。

的深度、广度、难度都不亚于脱贫攻坚。

正是在这个意义上，两篇重点报道反映出报社的政治敏锐度和新闻追求。尤其是同富、同治、同享“三同”的报道，科学分析了乡村振兴的客观规律，为乡村振兴战略的实施找到了一条可资借鉴的发展路径。借助新闻报道，可以转化成全市乃至全省的改革经验和共同财富，并由此折射出“三个发展”的重要问题。

“同富”的重点是特色产业发展。产业是乡村振兴的基础和支柱。它要解决的问题重点是“钱从哪里来”。由四名回乡村干部组成的村委会班子，科学规划，按照村社一体、合股联营的思路，依托土地资源，注册了同富公司，布局了特色种养、观光农业、工业园区三个产业经济圈。

产业发展关键靠人。村委会班子精准引进了一批有资金实力、市场意识、管理经验的投资人，领衔兴办了一批特色种养产业。同富公司旗下的合作社达到了 15 家，共建成 50 亩蔬菜鲜果、200 多亩白茶、100 亩龙虾、650 亩油茶、120 亩白参等特色农业基地。眼下投资 1500 万元的花卉苗木基地即将安苗，投资 3000 万元的旅游农业基地正在启动。特色产业是乡村振兴的第一要务，是同富的根本，抓住特色产业这个“牛鼻子”，解决好“钱从哪里来，人往哪里去”的问题，乡村振兴就有了依托和希望。

“同治”的重点是社会融合发展。乡村振兴是一场系统性集成化改革，必须从城乡结构、区域统筹、社会建设、生态环境、人文素质、体制机制等方面全方位推进、系统性重塑。横冲村村委会以老党员、老干部、新乡贤为主导力量，组建村湾理事会、文明理事会、党员议事会、村民代表大会、村务监督委员会，实行“五会同治”。着眼于民事民议、民办、民管、民评，村里还组建了老年协会、退役军人协会、志愿者协会、妇女协会等自治组织，形成了以党支部为核心，以群众性自治组织为主体的村民自治体系。

同富与同治相伴而行。这一点在村里建设同富广场的过程中得到了鲜明的体现。2018 年，全村人集资建成了 1500 平方米的“同富广场”，修建了篮球场、文化大礼堂，安装了路灯，美化了村庄环境。横冲村一跃成为全县美好乡村建设的示范村。

“同享”的重点是地域文化发展。看得见山，看得见水，看得见乡愁。地域文化的传承和发展是乡村振兴的灵魂。乡村振兴的核心是促进人的全面发展，打造农村高品质生活。在保持乡容、乡愁、乡土本味的前提下，修建农村文化礼堂、村级便民服务中心等设施，系统设计建设文化、健康、生态、创业、建筑、交通、数字、服务和治理等应用场景，打造一批服务均等化、环境生态化、生活智能化、文明现代化的美丽村庄。

在这方面，横冲村以“回味乡愁　醉美横冲”为主题，改造民居立面 90 余户，刷黑道路 2.8 千米，建成横冲大屋、许畈两个屋场及同富广场、蓝港银溪等景点。2019 年 4 月，横冲村举办了美丽乡村开园暨北港首届酿酒文化旅游节，吸引游客 3 万多人，全村成为众多网红乡村旅游的打卡地。

在肯定“三同”报道概括精准、内涵丰富、表达明快的同时，也要看到这篇报道的不足，主要是对乡村振兴数字化赋能的笔墨少了一些。数字化是乡村振兴发展的必然趋势，因此，报社还可以关注如何加快形成“一库全息、一码全程、功能一平台”的数字化三农建设格局，加快农业数字化基础设施建设，扩大物联网、人工智能等终端布局，建设数字农业园区、数字农业工厂，实施乡村“互联网 +”金融、医疗、教育、社会救助的融合，以及如何通过数字化建设和应用，加快推进同富、同治、同享的协调发展进程。

深度报道篇

SHEN DU BAO DAO PIAN

“三个吃透”补足深度报道的短板

2018年1月的《咸宁日报》有一个明显的不足，就是缺乏深度报道，这也是长期以来困扰《咸宁日报》的问题和其短板所在。

在互联网，尤其是移动互联网高度发达的今天，报纸的资讯功能已经基本上让位给手机移动客户端，也就是说在资讯的获取上，读者更多的是依靠移动互联网。这一变化使得报纸的优势越来越集中体现在它的内容生产上，其中深度报道的地位和作用尤为重要。深度报道是报社核心竞争力的重要载体，承载着其他新闻内容无法替代的作用。因此，深度报道不单单是报纸有别于电台、电视台等其他新闻传播方式的独门利器，也是报社驾驭报道能力，展示新闻智慧和传播水平的集中体现和重要标志。

报社天天要出报，但一年下来一家报纸应该拿出几篇在全市全省，乃至全国叫得响、有影响力的深度报道。通过报道推动一个地方的社会经济发展，这是报社的重要功能和真功夫，也是深度报道的新闻价值和意义所在。越是难的问题，越能反映出一家报纸的新闻眼光和传播水平。《咸宁日报》要补足深度报道的短板，关键要在“三个吃透”上下功夫。

吃透中央精神。中央精神决定了深度报道的宏观背景，当前尤其要认真学习党的二十大报告、中央经济工作会议和中央农村工作会议精神，把握住全年经济发展的总基调、总要求、总目标、总任务。宏观背景决定了报道深度，同样的问题，离开了宏观背景，深度也就会截然不同，这也是政治家办报的基本要求。在2018年湖北省两会召开期间，新华社推出了一篇《湖北：锚定“高质量”，跃步新发展》的深度报道。报道分三个部分：一颗蒜“逆袭”背后的结构调整；一笔亿元订单创纪录背后的创新驱动；一个数字调校折射的理念转变。该报道以十九大报告和中央经济工作会议精神为引领，以具体事物反映出高质量发展的内涵，用生动的经济实践映衬出高质量发展的湖北样本。深度报道一经推出，便受到了各方好评和广泛关注，其立足宏观背景的深度分析尤为值得推崇。

吃透咸宁实际。咸宁最大的实际是发展不够，要解决的主要矛盾和问题，是发展的不平衡不充分，正是这一点为《咸宁日报》抓好深度报道找到了最重要的突破口。从横向上，把整个咸宁发展放到全国全省的背景下衡量，看看发展有哪些亮点和热点；从纵向上，在全市发展的轴线中，找出发展有哪些疑点和难点；从横向和纵向的结合点上，看看发展有哪些不足，这些亮点、热点、难点、疑点和不足在哪个县市、乡镇、行业、部门、企业取得了突破，为什么能够突破，把突破的落脚点放在加快咸宁发展，解决不平衡不充分的问题上。提出这些突破他们能做到，全市其他地区、行业和部门也能做到。从而以报道为动力，用令人信服的事实推动咸宁加快发展。

吃透典型事例。通过典型推动发展是一项重要的工作方法。生动的、具有创造性的典型来自实践。报社的最大优势，就是记者们能够直接接触到来自基层的鲜活实践，从而奠定典型人物和典型事件深度报道的基础。其中报社领导的眼光和发现尤为重要。典型的深度选择应该体现在三个方面：第一是全局的宏观意义。放在全国来看，是否具有典型性和突破意义。二是咸宁发展推动意义。报道落脚点是要体现在推动咸宁的发展，解决发展不够的实际和发展不平衡不充分的问题，让人们通过深度报道获得发展信心。三是事件和人物的典型意义。深度报道要能够站得住，立得起，经受住时代和历史的检验。在此基础上抓好新闻策划和报道写作，优选推出方式，让报道产生最大的影响力和推动作用。

从“嘉鱼系列”看深度报道的“宏观性”

2018年5月1日到5月3日《咸宁日报》从头版头条开篇，连续三天在一版推出了《招商引资的嘉鱼态度》《项目建设的嘉鱼速度》《优化环境的嘉鱼力度》系列报道，这也是2018年以来《咸宁日报》推出的最大一组系列报道。

编辑部的意图十分清楚，通过“三度”的客观描述，以深度报道的形式，总结宣传嘉鱼的招商引资、项目建设和环境优化的情况，在全市树立一个典型，用嘉鱼经验推动全市加快发展。这组报道，编辑部下了不少功夫，记者采访收集了大量的新闻素材，用“三度”进行了集中概括，以期深度反映嘉鱼的做法和经验。但整个报道读下来，发现其在深度上有所缺乏。这一问题的关键，是没有体现出深度报道应该具备的宏观性意义。

所谓宏观性意义，主要是指整个报道所立足的宏观背景和指导意义。报道有没有深度，决定因素就是有没有宏观性。把报道放到宏观背景中考察，它是否具有全局性的意义，这也是报道是否具有深度的重要标志。同样一篇报道，从微观看，也许具有很强的新闻性，但一放到宏观中审视，其新闻性马上就减弱了。但凡有深度、有影响力的报道，都很好地反映了事件和人物的宏观性。

作为一个县域城市，当前它的建设和发展有哪些方面可以更多地体现宏观意义？结合党中央、国务院的重大决策和部署，如长江经济带、乡村振兴战略、高质量发展，等等。就嘉鱼实践看，它要解决的主要问题还是经济发展不平衡不充分的问题，这也是市委、市政府多次反复强调的问题，即咸宁最大的市情是发展不够。如果立足于这样一个立意，嘉鱼报道就有了它深刻的宏观背景，贯穿整个报道的主线，就是解决经济发展不平衡不充分问题。这是整个报道的突出主题，更是报道的深度所在。

这个深度应该体现在县委、县政府为什么要大力招商引资，加快项目建设的认识上，因为发展不平衡不充分是长期以来制约咸宁、制约嘉鱼发展的最大瓶颈和障碍，突破这个瓶颈的唯一选择就是要以项目建设为突破口，通过招商引资实现突破性发展，弯道超车，后来居上。如果没有解放思想和突破性发展的举动，要想解决发展不平衡不充分的问题，最终是难以实现的。

其实无论是嘉鱼，还是咸宁的其他县市，乃至全省各县市区，发展不平衡不充分的问题十分普遍。如果嘉鱼有了可供借鉴的做法和经验，不仅对嘉鱼自身发展具有开创性的意义，而且咸宁各县市乃至全省所有县市区，都可以从中找到解决发展不平衡不充分问题的实践路径。让其他地方把“嘉鱼现象”作为“酵母”，引发本地乃至全省的项目建设和招商引资热潮，继而让嘉鱼经验花开全市和全省，使“嘉鱼经验”和“咸宁样本”成为全省县域经济发展的共同财富，推动全省的发展。

从实践着眼，无论是深度报道，还是经济发展，都要解决“怎么看”和“怎么干”的问题。通观整个嘉鱼系列报道，全部的文字都着墨在“怎么干”的问题上，而对“怎么看”却没有涉及。这样的结果就是人们看不到嘉鱼为什么要下这么大的力气招商引资和项目建设，也就是人们常说的认识问题、观念问题和思想方法问题。

一个地方发展不快，首先要从思想认识上找原因，认识是解放思想的基础，是加快发展的动因，是落实行动的先导。认识问题如果不解决，就无法解释发展的因果关系。所以深度报道的“深”重在认识的深化上。在如何解决发展不平衡不充分的认识问题上。嘉鱼县委、县政府班子，肯定有自己的理解和独到认识，正是因为有了认识作为先导，才有了超常规的行动和成果。那么这个认识本质的宏观性，就是解决发展不平衡不充分问题的意义：这既是贯彻落实党的十九大精神的实践部署，也是加快自身发展的具体行动，甚至能够成为全市乃至全省发展的经验和共同借鉴。

所以，这组嘉鱼报道的谋篇布局和结构应该是：“上篇 + 下篇 + 评论”。上篇主要立足于宏观背景下的嘉鱼认识，核心是如何提高对发展不平衡不充分问题的认识，冲破思想禁区和观念束缚，坚定不移地抓好招商引资和项目建设，并通过统一认识让全县上下拧成一股绳，形成一股劲，全党、全员、全民抓招商搞项目，最终形成了令人瞩目的“嘉鱼现象”。下篇是做法，是经验，是成果。有了认识和行动，就有了成果和经验。可以把三篇报道的材料浓缩一些，精炼一些，把做法进行概括，使其更具理论性和概括性。重要的是评论，把嘉鱼经验在宏观上用观点和理论概括出来，如“闯字当头”“破在其中”“融合为先”“以绿为本”“抢先者胜”等。评论应该具有更高的立意和更宏观的视野，其观点和文字理应对所有县域主管干部，乃至省市领导都具有宏观启示意义，让人看了眼睛一亮，受益匪浅，从而让嘉鱼理论和实践的经验真正走出咸宁，走向全省，成为推动全省县域经济发展的一股强劲洪流。

从《一根竹的“ISO”实践》看深度报道的三要素

深度报道在互联网崛起和新媒体爆发式增长的大背景下，始终应该成为传统媒体，尤其是纸媒扩大影响力的重要载体和不可放弃的新闻追求。

2018年6月4日，《咸宁日报》一版推出了报道《一根竹的“ISO”实践》，语言流畅、对比丰富、结构合理，但总觉得在深度方面有所欠缺，还难以形成深度报道的格局和内涵。其实从整个内容着眼，这篇报道是能够成为全年《咸宁日报》主打的一篇深度分析新闻的，但由于采编人员在理论和实践的结合点上对深度报道准备不足，致使报道略为逊色，失去了有可能成为影响决策和推动工作的新闻机会。

好的深度报道，一定要具备三大要素，即全局性、典型性和可复制性。

全局性——报道的宏观背景。很显然，这篇报道有较强的纵深感，它要解决的是咸宁长期以来经济发展不平衡不充分问题的症结所在，即为什么会捧着金饭碗讨饭？追根溯源还是观念问题和认识问题。表面看是优势不优，核心是发展观念滞后和营商环境不佳，这也是咸宁要解决发展不平衡不充分问题和实现高质量发展的关键。可惜整个报道对这个问题没有涉及，使得报道的宏观性大打折扣，也失去了这篇报道在全局意义上的指导性。

放眼整个中部和全国，类似咸宁这种具有资源优势，但却不能把资源转化成经济优势的城市不在少数，面临的问题也大体相似，但不管怎么绕，都绕不开解放思想、转变观念和打造营商环境几个方面。这是问题的本质和规律，是一切发展的总开关。“思想有多远就能走多远”这句话是解放思想转变观念的最好注释。如果我们能把这篇报道和咸宁解决发展不平衡不充分的问题结合起来，在解放思想上找到答案，就能为这篇报道提供深度的理论脉络和逻辑依据，使整篇报道有立论的基础，并为全市进一步解放思想，改善营商环境创造舆论氛围。

典型性——报道的分析意义。深度报道离不开分析，这篇报道，在分析上是比较好的，脉络分明，层次清楚。但典型性有两个层面值得重视，一个是由此及彼，除了竹产业之外，其他产业是否也能够得到借鉴和延伸？二是除了自身，其他城市可否从典型中看到自己的影子和可供学习的路径？典型性是建立在宏观背景和全局意义下的典型，这是衡量一个事物是否具有典型性的标志，反过来只有具备了典型性，才能对全局产生指导意义，使典型性真正成为推动全局发展的条件和动力。

可复制性——报道的影响力和推动力。不要孤立地就报道看报道，而应该把好的深度报道作为推动工作的重要抓手和引领力量，且要看这方面经验能否复制和推广。我们讲全局性、典型性，最终是要落实在发展上。离开了发展，解放思想和典型推动就成了无源之水、无本之木。围绕影响力和推动力，采编人员在策划和采写报道的过程中必须树立通过可复制性推动发展的理念，并将其贯穿到整个报道采编的始终。产业的复制、行业的复制、部门的复制、县域的复制、城市的复制，等等，只有可复制性强，才具有在推动工作和发展方面不可替代的重要意义，这也是报纸推出深度报道的重要动力和社会追求。

"试验田"里话深度

2018年8月6日至25日,《咸宁日报》在头版头条或头版其他重要位置,以"看咸宁如何种好中国改革试验田"为栏目,用连续六篇报道,详尽介绍了咸宁在全国一大批改革试点城市中的经验做法和实践成果,引起了各方的关注。

这组系列报道的策划很好,对外是对咸宁很好的宣传,通过报道可以看到咸宁在全国改革开放大格局中所进行的改革试点,是咸宁的全国改革样本;对内是一次很好的总结和概括,即让整篇报道站在一个比较高的起点上,仔细梳理咸宁承担全国改革试验使命以来,结合自身实际所进行的艰苦探索和成功经验,这对于全市干部群众深化改革,树立信心,突破束缚,加快发展必将起到巨大的精神激励和实践推动作用。

六篇系列报道,写咸宁市的三篇,写县域的三篇,从总体上分析,全市的三篇要好于县域的三篇。这可能是市里的三篇更容易在宏观上把握。对于这类系列报道的策划和写作,在突出深度方面有三个重点值得重视和把握。

宏观背景。之所以有关部门要把咸宁市列为国家级改革开放"试验田",一定有其重要的宏观意义,这种宏观意义就是改革在全局突破前,需要典型引路和经验借鉴,它要求咸宁市在具有全局性的改革实践中,探索出可供借鉴的新机制、新体制、新路径,以便在全国范围内进行推广和应用。

而改革的宏观背景，不仅要求咸宁立足全局，站在全国的层面实施“试验田”的突破，而且要有普遍性和推广意义，也就是说能够抓住事物发展的本质和共性，对全国同类城市的改革起到示范引领和路径借鉴的作用，真正使咸宁探索花开全国。

种好改革“试验田”，应该看作国家对咸宁的重托和期望，反过来也是咸宁对全国改革做出的重要贡献。只有具备了宏观条件下的全局性，这种改革实践才能真正起到“试验田”的作用，才具有普遍的推广应用价值。

改革特点。既然是全国性的改革试验，就一定有突破性的难度，不然国家也没有必要进行这种探索和试验，因此摸清改革的难点和盲点十分重要，这是抓好“试验田”的主线。具体而言，就是要分层次明确改革的难点和盲点在哪里，按政策层面、机制层面、市场层面、运行层面逐一分析，找到解决难点和盲点的方法。

鉴于城市的局限性，有些问题可能是咸宁市本身解决不了的，如宏观层面的政策问题和机制问题，但也不能因此而畏步不前。在努力向全国有关部门提出解决问题的途径和方法之外，也要敢于在自己的一亩三分地上大胆实践，以敢于突破的勇气和担当精神率先引领和示范。这尤其要有“杀开一条血路”的勇气和胆识，突破原有体制和行政惯性的束缚，敢试、敢闯、敢干、敢冒，真正在难点和盲点上实现突破。

有特点的改革试验，才是真正有益的探索，才能真正起到“试验田”的作用，才能真正成为全局性改革的示范和引领。

突破意义。即咸宁改革“试验田”的概括提炼和分析总结，这个重点一定要放在咸宁的改革突破上。针对难点和盲点，明确咸宁在体制机制、资本资产、运营运行上有了哪些实实在在的重要突破，尤其相对原有的格局，突破的重点体现在哪些方面，是如何突破的。

其实回望一下整个系列报道，改革突破无非是要解决政策从哪里来，钱从哪里来，机制从哪里来，格局从哪里来等一系列问题。应该说咸宁市的三篇改革“试验田”报道都比较好地回答了这一系列问题，在操作层面具有很强的现实指导性，对于其他未列入改革“试验田”的城市来说，看了这几篇报道就有了实施改革的大致脉络和方法，就可以结合自己的实践进行普遍推广应用，这一点在“生态咸宁放异彩”上得到了鲜明的体现，整篇报道围绕“做优顶层设计、转化发展动能、优化生态格局”三个重点，逐一回答了咸宁在做好国家生态保护与示范区建设方面的艰苦探索，为全国如何抓好生态保护提供了可资借鉴的经验和示范，对贯彻落实党的生态文明建设，抓好生态保护和环境治理，具有重要的突破和实践意义。

开放是篇大文章

咸宁通城抢了个头彩。2018年11月5日至10日，首届中国国际进口博览会（以下简称“进博会”）在上海举办。这是我国支持贸易自由化和经济全球化，主动向世界开放市场的重大举措。通城县是湖北全省唯一组团参加首届进博会的县市。这本身就具有很强的新闻性。参加首届进博会的县市区，不是来自“一主两副”或全省县域经济名列前茅的明星城市，而是名不见经传的通城县。这项举措对外昭示了一个重大信息：咸宁正以更加开放的姿态融入全国和全球的经济洪流。

在参加此次进博会之前，围绕“开放”这个时代新主题，通城县做足了前戏。地处湘鄂赣三省交界的通城，三面环山，县委、县政府明确提出，通城也要“通江达海”，随即先与长江沿岸的岳阳城陵矶新港达成全面合作协议，实施“借港出海”；后与湖南岳阳三荷机场签订战略合作协议，开通空中“绿色通道”，有了家门口的机场。“陆海空”立体交通网络，使通城拥有了建设全面开放发展新高地的区位优势，通过建设内陆地区进口贸易创新示范区和“通平修”次区域合作示范区，加快了发展县域经济的步伐。

在此基础上，通城吸引万雅集团投资40亿元的“通城万雅国际商贸城”项目，也在首届“进博会”上得到了重点推介，是湖北省唯一一场县级专场招商推介会，从而成为首届进博会上的一个亮点。

11月5日、8日、12日，《咸宁日报》运用通城新闻的两个彩版和头版偏头条，浓墨重彩地宣传和介绍了通城组团抢滩进博会的盛况。

咸宁的经济有个重要的特点，市级经济一直不够强大，难以成为全市经济发展的“火车头”和“大引擎”。这个特点决定了咸宁在壮大市级经济的同时，县市区的发展必将成为全市经济做强做大的重头戏和主战场。

加速县市经济的发展，当前既具有来自各方面的压力，也面临着历史性的机遇。通城组团参加首届进博会的成功实践说明：谋事在人，事在人为。越是经济进入高质量和中速发展时期，越是具有弯道超车的条件，但其关键在于“三立足三抓”。

立足宏观背景，抓政策机遇。经济发展的每一个时期，中央都会出台一系列经济形势判断、对策措施和实施战略，而这其中蕴含了许多重大的政策机遇。吃透中央、省、市加快发展的精神，精心研究中央的战略部署，用好、用活、用足政策机遇，是加快县市经济发展的前提条件。政策机遇是含金量最大的发展机遇，只有勇于捕捉机遇，利用机遇，才能获得“天时”，登高望远，后来居上。

立足开放战略，抓发展机遇。扩大开放是党中央的一项重大决策，是时代前进的新主题，讲开放就是要大开城门，克服封闭的内陆意识和跳出山区门户，敢于打破县域和区域的限制与束缚，按照经济流向和资本注入的规律，迎接八面来风。通城参加进博会的实践也说明，以开放促发展的机遇摆在那里，看你抓不抓，会不会抓，能不能抓得住。如果抓住了，招商引资就能进入一个新境界，经济发展水平就能登上一个新台阶。

立足营商环境，抓投资机遇。招商引资的成败，关键在于营商环境建设的好坏。资本一定会往营商环境好的地方流动。越是大的项目，越是会关注营商环境的优劣，因为项目投资越大，永续经营的要求越高，单单靠一两任领导，难以实现可持续发展的内在要求，最重要的还是要靠营商环境。最近网上有一个炒得很热的微信推送，就是浙江省成立了一个“最多跑一次改革办公室”，而且这个办公室的牌子和“浙江省全面深化改革委员会办公室”的牌子挂在一起，足以看出浙江省对营商环境的高度重视。可以说营商环境是新一轮招商引资和项目发展的焦点和高地，是大项目和优质产业落地的关键，也是县市区比拼改革开放加快发展的重要前提。

深度报道如何体现权威性

权威性是党报的立足点和影响力所在，是报社编辑部和编辑、记者在坚持正确的舆论导向时必须始终牢牢把握的一条主线。

2020 年 6 月 16 日至 7 月 14 日，《咸宁日报》用四个头版头条，三个一版重点位置，共七篇长篇通讯浓墨重彩地推出了一组深度报道《建设转型发展示范区调研行》。这是 2020 年《咸宁日报》精心策划和采编的匠心之作。从总体上看，不乏精彩佳篇，如《嘉鱼：产业新城在崛起》《琢玉成龙行天下》等。通观这些报道，可以反映出报社编辑部在深度报道上的追求和努力，从多个角度折射出咸宁在建设转型发展示范区过程中的积极探索，体现了党报在重大新闻题材上的权威性，值得充分肯定。当然，七篇报道也有不够平衡之处，有的在题材选择、深度分析、权威概括等方面还有不足，今后有待加强和改进。

党报的权威性，深度报道是“风向标”。尤其是在快餐式、碎片化、海量的新闻占据互联网资讯大头的今天，用深度报道来引导舆论，树立典型，总结经验，揭示社会经济发展的规律和趋势，推动全市的各项发展，是党报的优势和使命所在。但如何更好地体现和反映权威性，以下三个方面值得重视和研究。

吃透“三情”，即上情、市情、民情。上情就是党中央和国务院的重大部署和战略决策。在中国，每一个阶段，中央都会根据社会经济发展实际，推出一系列重大方针政策和决策部署。吃透中央精神，有针对性地提出对策和选择，就能够顺应大势，占据政策和趋势的制高点。在经济层面，能获得中央、省市的更多改革和发展支持，在政策、区域、项目、规划、资金等方面捷足先登，取得优势；在报道层面，则能高屋建瓴，胸有全局，增强报道的深度及意义。

市情对咸宁而言就是发展不够、总量不够、含量不够。发展不够是咸宁的最大实际，经济总量、发展质量、科技含量均处在爬坡阶段，在发展问题上不能自己和自己比，要和全国同等地区进行横向对比，通过找差距增强紧迫感，并转化成加快发展的强大动力。

民情，就是市县干部群众要求加快发展的迫切愿望、新鲜创造以及在实践中激发出来的强大活力和韧性。

吃透“三情”的关键在于把中央精神、省市决策和基层创造有机地结合起来，找到咸宁实践和发展的突破点，通过科学概括和理论分析，揭示出发展趋势和规律，变个性为共性，以局部影响整体，推动全市社会经济上台阶。

把握“三性”，即宏观性、典型性、指导性。宏观性就是不仅要立足咸宁看咸宁，更要跳出咸宁看咸宁，把咸宁放在全国、全省的宏观背景下来审视，尤其是对重点和深度报道而言，有全局意义的东西才是深度所在，才有宏观价值。因此要敢于在全国、全省的背景下来分析和论述，得出科学结论。

典型性就是善用典型来推动工作和发展。抓典型是我们党发挥工作优势的一项传统，在这方面，党报具有自己得天独厚的优势。它的触角分布在四面八方，最善于把群众在实践中的创造，用重点和深度报道的形式集中反映和表现出来，通过典型引路，让榜样的力量增强实践的创造力。

指导性是深度报道权威性的重要体现和落脚点。好的重点和深度报道一定能够引导舆论，引导决策，引导执行，引导方向，用局部经验推动全局发展，通过学习、复制、传承、创新，使报道和舆论传播真正成为推动地方发展的重要力量。

用好“三器”，即主打报道、评论文章、新闻图片，这是提高党报权威性和影响力的组合方式。报道是写给读者看的，要体现党报的权威性，就要集中力量写好主打报道，让逻辑严密、结构合理、论述充分的报道鲜活耐看，引人入胜，激情四射，魅力无穷，充满思辨色彩和概括分析，通过对规律的认识和对趋势的把握，给人以启迪，给人以思考，给人以激发。

评论文章是点睛之作。如果说主打报道是用事实说话，评论文章则要靠观点取胜。深度报道要体现权威性，评论文章的论述很重要，因为它可以站在编辑部的角度，把主打文章没有说出来的话，以观点的形式表现出来，深化报道背后的观点，增强理性分析，以理服人。

新闻图片是活跃版面的利器，在互联网时代，尤其要重视图片的应用，以压题照片和图片新闻等形式，与主打报道、评论文章相辅相成，相得益彰，通过视觉的冲击力来突出重点和增强深度报道的感染力，使广大读者和受众爱看，让内容入脑入心。

擂响县域经济发展的催人战鼓

郡县治则天下安。《六问县域经济高质量发展》是《咸宁日报》从2021年12月27日到2022年1月20日，跨越岁末年初的一组系列报道。

县域兴则咸宁兴，县域强则全市强。这组报道处在辞旧迎新的关键节点，对咸宁发展有着不同寻常的重要意义，事关全市的发展大局。之所以把这组报道提升到这样一个高度，与咸宁的产业格局和经济布局有关。就全省来看，咸宁与襄阳、宜昌、黄石、十堰等城市不同，这些城市市区工业基础很强，对周边县市区具有很强的产业带动力和结构辐射力。但咸宁不同，作为一个长期以农业为主体的经济欠发达地区，市区经济基本上没有形成强大的工业基础和带动能力。和全省对标，咸宁经济总量小、综合能力弱。除了市级经济不够强以外，还有一个重要的短板，就是县域经济没有发展起来，所以咸宁要加快发展，提速增效。不足在县域，潜力在县域，基础在县域，希望在县域。

基于以上考虑，报社编辑部紧紧抓住县域经济如何实现高质量发展这个“牛鼻子”，在头版头条重要位置连续推出了《通城如何锻造制造业强县》《通山如何建造新型新能源之都》《崇阳如何打造美丽乡村示范县》《嘉鱼如何建设湖北经济强县》《赤壁如何冲刺全国县域百强》《咸安如何建好中国桂花城核心区》六篇重头报道。

从整体报道布局着眼，这组系列报道有以下三个特点。

立意好。整组报道紧紧围绕县域经济如何实现高质量发展这一主题，分县市逐个论述。这个立意既符合中央关于高质量发展的重要精神和省委的重要决策，也符合咸宁县域经济发展的具体实际，能够把县域经济和高质量发展两篇文章连在一起做，把报道的策划和采编过程，转化成研究全市县域经济高质量发展的推动过程，使整组报道具有很强的现实指导性。

选题优。报社编辑部把每一个县市区最具特色的主导产业和趋势前瞻有机地融合在一起进行概括和分析，这样做既避免了县市区之间的材料重合，又突出了地域和产业特色，使整个系列报道选题明确，结构自然，分合有序，重点突出，把选题优势比较好地发挥了出来，增加了整组报道的策划含量。

有特色。六篇报道形成了六个不同的产业类型和发展趋势，具有非常鲜明的县域经济高质量发展的特色，概括起来有“制造强县打造型”“新型能源发展型”“美丽乡村引领型”“经济强县带动型”“县域百强目标型”“文化资源赋能型”六种类型，各具特色，各有千秋。这种从实际出发形成的类型特色，既体现出不同的资源禀赋，又概括出不一样的发展思路，辨证施治，特色取胜。

看得出来，这组系列报道从策划到采编，报社编辑部下了很大的功夫，而且推出的决心也很大。尽管跨度长，但力求每篇都在头版头条刊发，如果因为中央、省、市的会议和重要精神占版面，宁可推迟刊发，也不勉强发在一版的其他位置。由此可见这组报道在编辑部心目中的分量，这种策划和推出方式值得点赞。既然是精心打造的新闻产品，就要择优推出，努力产生真正能够形成全市县域经济发展的舆论氛围和推动力量。

不过，这组报道除了以上值得肯定的地方外，也有一个明显的不足，就是还缺乏一些完整性。如果在报道开篇有一个综述，报道结尾有一篇评论，就会使报道更具实践说服力和宏观指导性。

在综述中，可以把咸宁的县域经济发展放在全省的大背景中进行对照和审视，既肯定咸宁的快速发展，又指出不足，从而提出县域经济高质量发展的问题，即锚定目标找坐标，绘好蓝图抓路径，对照类型寻突破，构建特色打优势，然后就势引出六篇系列报道。

整个系列报道推完之后，如果有一篇提纲挈领，高屋建瓴的评论就更好了。评论可以明确提出，要推进县域经济高质量发展，必须抓住重点，扭住关键，谋定快动，立足资源禀赋、产业基础和区位条件，加快形成特色鲜明、优势互补、错位发展的县域经济发展新格局。紧紧围绕产业和项目，锻造长板凸显特色，延链补链壮大规模，贴近群众富民增收，创新营销拓展消费，一、二、三产业融合发展。尽快建设一批生态大县、农业强县、工业富县、文旅名县，立足县城和中心镇聚力做强节点，实现招商引资全面突破，开阔思路多措并举。数字赋能优化环境，包抓推进落实政策，优化流程，精准招商，服务落地，为加快县域经济发展创造良好的软硬环境，真正把县域经济的高质量发展落到实处。此外，还可以把发展中存在的问题和不便于在六篇系列报道中表达的短板和劣势，以综述和评论的形式更好地表达出来，在形成完整性的同时，也使整组报道更具指导性和推动力，从而把新闻舆论的引导优势更好更全面地展示和发挥出来。

大开大合谋新篇

2022年2月7日,《咸宁日报》在一版头条位置，以照片压题，三分之二版的大篇幅，刊出了报社编辑部高度重视和精心策划的长篇深度报道:《一起向前进，一起向未来》。

这篇报道在结构上大开大合，写法和形式都有较大突破，它既不是一般的工作通讯，又不是述评，也不是评论文章，属于集述评和新闻评论于一体的观点新闻。这种体裁，在中央党报的媒体中，往往是处于历史的转折关头和发展的重要节点才会使用，如当年反响极大的《中国改革的历史方位》就和这篇报道有异曲同工之妙。

从报道推出的背景来看，咸宁经过了一轮又一轮的改革之后，如今已经走到了快速增长和发展的起跑线上，可以说是处在历史和发展的重要节点。因此这篇文章是鼓点，是号角，是催人奋进、激扬文字的发展宣言。整篇新闻具有以下特色。

立论观点鲜明。这种以观点新闻为特色的文体，在写作上有一定难度。面对着数十年咸宁发展的历史轨迹，如何呼应“一起向前进，一起向未来”的主题？如何在海量信息和观点中，结合发展不够的实际，突出一条加快发展的主线，通过论述起到振聋发聩、激发激情的作用？关键在于立论和观点的概括。这种概括既要符合实际，又要旗帜鲜明，这些都集中反映出报社编辑部的战略格局、发展眼光和前瞻意识。

通观整个新闻报道，文章用了“简单做人”“认真做事”“领导带头”“事争一流”四个小标题对全文进行了骨架式支撑。从谋篇布局来看，这四个小标题既针砭时弊，符合咸宁实际，又揭示了发展一个城市，各级党员干部奋力做人做事，跳起来摘桃子的一般规律。四个小标题，从行文看并不起眼，但仔细阅读，又觉得意在其中，反映对观点新闻这种新闻体裁的驾驭和掌控。

报道的深度，重点在于通过报道反映思想的深度，即报道深度是思想深度的具体反映。驾驭这种新闻体裁的关键就在于立论和观点的鲜明。这类新闻的策划和事件报道不同，它不是以事件发展和逻辑联系为主线，而是依靠立论取胜。立论站住了，整个文章就站住了。立场鲜明地抓立论，树观点，体现出编辑部的认识水平和能力。这其中既有市领导平时强调的观点集中，也有报社编辑部在概括之后反映出来的政治智慧和策划水平。

论述逻辑严密。有了立论和观念之后，要想整篇文章一气呵成，令人产生读下去的强烈欲望，逻辑严密的论述就成为整个文章不可或缺的关键。

应该说，在四个立论和观点之下，都形成了逻辑严密的系统论述。就第一个立论而言，在“简单做人”这个观点中，作者开明宗义，提出提倡党员干部崇尚简单，就是要做到思想单纯简单、物质生活简单、人际关系简单。以思想单纯简单为例，文章在逻辑上形成了思想单纯简单，就是要坚定理想信念，站稳人民立场，无私忘我三个小观点，然后通过理论概括，分层论述，把思想单纯简单的道理讲得十分清楚。

着眼整个篇幅，报社编辑部还围绕咸宁发展的大政方针和区域走势，对其中许多观点进行了区隔和划分，以免四个立论和观点在论述时发生重复和交叉的情况。这就使整个新闻观点整合明确，论述层次清晰，信息多而有序，使人阅读后既能够领会到观点整合带来的信息量和体系感，又不至于杂乱无章、重复交叉，增加了整篇文章的阅读力。

语言朴实清新。新闻是写给人看的，再好的立论和观点，再严密的逻辑论述，都要由一句一句的语言表达出来。从这篇新闻的整体风格来看，作者在文字表达上下了不少功夫，语言朴实清新，古语、典故、名言娓娓道来，给整篇文章添色不少。

在“简单做人”这个观点论述中，作者开头就化用“大道至简，取巧成空”的古语，一语道出了简单做人的道理；在谈到物质生活时，作者借用古人“华屋千间，只卧一床，稻菽万担，仅食一碗”这句名言，强调真正有智慧的人都善于在物质上做减法，在精神上做加法；在“认真做事”的论述中，文章借用了毛泽东同志说的“世界上怕就怕认真二字，共产党就最讲认真”作为全篇的总纲，生动阐释了认真做事的真谛；谈到“领导带头”，作者用了“群雁高飞头雁领”这句民间谚语，深入浅出地阐述了头雁率先垂范，形成头雁效应，才能形成一级抓一级、层层抓落实的工作格局。

在整篇新闻的语言和表达上，作者运用了大量的古语民谚和名人名言，如诸葛亮的“非淡泊无以明志，非宁静无以致远”；在“事争一流”的观点中，则借鉴了古语“取法于上，仅得为中；取法于中，故为其下”的意境，得出了标准决定质量，有什么样的标准，就有什么样的质量的结论。

新闻策划篇

XIN WEN CE HUA PIAN

环境整治报道可以再深度和火爆些

2017年11月15日《咸宁日报》一版偏头条刊发了《我市举办2017年第七期电视问政……环境整治怠在哪？》的新闻。这篇报道有很好的新闻点：一是市委书记、市长等领导现场观摩，反映出领导层对环境整治问题的高度关注。二是电视问政以直播或录播的形式直面问题，让群众可视可评。三是问政的聚焦点是环境整治，这是当前社会各界都关注的大问题。但是这篇新闻稿也还存在一些不足，分析后可以归纳为三个方面的问题。

站位不高。环境整治事关咸宁形象和生态，对咸宁加快绿色发展起着至关重要和不可替代的作用。尤其是党的十九大报告中列出的“加快生态文明体制建设”，明确提出了推进绿色发展、着力解决突出环境问题、加大生态系统保护力度、改革生态环境监管体制四个方面的重点和步骤，可以说是把环境问题提到了前所未有的高度。但记者似乎没有对党的十九大精神了然于胸。十九大报告可以为环境整治问题提供理论依据。如果把十九大报告精神贯彻进电视问政和新闻写作的全过程，就可以让这篇报道有更宏观的背景和更高的新闻站位，使贯彻落实党的十九大精神有了具体的落脚点。

采访不深。之所以这篇报道给人就事论事的感觉，原因在于记者只在现场做了一般性的描述，而缺乏深入细致的采访和分析。像这样的报道，写作前记者要做足准备功课，问政的宏观背景是什么？和党的十九大精神有哪些内在联系？问政要问哪些问题？背后深层次的原因是什么？是怠政问题，是作风问题，还是体制问题？等等。可以针对不同问题，做出不同分析，尽可能让读者在电视问政的画面以外获得更多的信息和分析，从而丰富电视问政的不足，把报纸的优势真正发挥出来，让电视和报纸互为补充，相得益彰。

策划不够。如果策划在前，可以通过现场新闻和评论分析的方式，把这篇报道搭配成一组有影响、有深度的组合报道。新闻侧重以现场的形式，客观描述电视问政的场面情况，但场外的深度分析，则可以由评论来完成。评论以党的十九大报告为主线，依托市委、市政府环境整治的决心和部署，点出环境整治背后的深意，即有关生态意识、绿色思维、干部作风，落实效果等，努力把评论写成市委、市政府加快环境整治的宣言书和推进器，从而把这篇组合新闻上升为贯彻落实党的十九大精神，推进全市加快绿色发展的强大精神动力和落实利器。

在加强策划上下足功夫

好新闻是策划出来的，策划报道能力是体现一家新闻机构舆论引导水平的重要标志。看了《咸宁日报》2017 年 11 月 24 日一版头条《崇阳看路》和 12 月 18 日二版头条《路口有路》，能够明显看到编辑部在策划重大报道上的不足。

就单篇报道来看，两篇报道写得都不错，尤其是《崇阳看路》运用了多种表现手法，生动活泼，耐看耐读。看得出记者和编辑都下了不少功夫。但把两篇报道整合在一起，就能发现编辑部对报道采取了分散编辑、分开发表的方式，整体上缺乏一个“大”的策划。

山区县加快公路和基础设施建设符合党的十九大精神，是有利于县域发展的重要举措。是打开山门，招商引资，改善投资环境，加快物流业发展，精准脱贫，把资源优势转化成经济优势的战略选择，值得大力宣传。

既然两篇报道都是围绕修路展开，一个是县里，一个是乡镇，则可以事先做一个总体策划，把两篇分散的文章形成一个整体，按照深度报道的样式，分上、下两篇进行采写和编辑。上篇写县委、县政府怎么认识、怎么布局、怎么规划、怎么行动、怎么解决钱从哪里来的难题；下篇写县直部门和乡镇如何抓好落实，解决好搬迁和优化道路建设环境的问题，加快脱贫攻坚和产业发展。这样两个方面的内容各有侧重，层次分明，上下联动，相互呼应。全篇既有县委、县政府领导的认识和观念提升，以及全县的布局和规划，又有县直部门及乡镇的具体落实和行动。上篇谈观念可以有深度，有分析；下篇抓落实可以讲故事，讲成效，从而使整个报道有深度、有高度、有力度，体现出咸宁市贯彻落实党的十九大精神，奋力爬坡赶超的精神面貌和苦干、巧干的强大气场。

如果策划在前，还能结合实际配上一篇评论：以崇阳加快道路和基础设施建设、加快脱贫攻坚和产业发展为背景，围绕贯彻党的十九大精神，决胜全面建成小康社会，把评论的着力点放到咸宁最大的实际是发展不够的问题上来，引导全市干部群众思建设、谋发展、上水平，在全市上下形成一个大干、苦干、巧干、实干的热潮，使崇阳经验“花开全市”，以点带面变成推动咸宁加快发展的新观念和新动能，推动咸宁社会经济更好更快发展。

策划是报社编辑部不可或缺的基本功和重要的思维方式。好的报道线索和题材只有通过策划才能点石成金，使报道从一般性的工作宣传上升到深化决策、影响全局、推动发展的层面上来。从这个意义上来讲，编辑部要有更高的全市意识和宏观思维水平，立足咸宁看咸宁，跳出咸宁看咸宁，把很多看似分散的、碎片式的新闻线索和素材通过策划形成一个整体，用高度深化决策，用深度影响全局，用力度推动发展。

立足“三要”：加强深度报道的策划和推出

深度报道的缺乏不仅会削弱市州党报的竞争力和影响力，也会降低它的社会关注度。加大力度策划和推出深度报道，主要是立足“三要”。

首先，要充分认识深度报道在整个新闻宣传中的独特地位和作用。互联网条件下，碎片化的新闻不仅占据了互联网和手机移动新闻的大部分空间，也改变着人们的阅读习惯。读新闻先看手机，越来越成为人们的一种生活方式。而这种生活方式也对报刊阅读形成了一种巨大的冲击，并造成了读报纸的人越来越少的局面。在这种情况下，报纸到底应该怎么办？尤其是如何发挥党报权威性的优势，引领城市的社会经济发展，就这样刻不容缓地摆在了各级党报编辑部的面前。

纵观全国市级办得好、影响力大的党报，可以发现一个显著的现象，就是注重精心策划和推出独家的深度报道，通过权威性扩大影响力。道理很简单，在整个编辑方针上，报社应该确立出整体与局部，得与失的编辑观，即敢于放弃那些即时性、社会化、碎片式的新闻报道，把深度报道作为提高影响力的核心竞争手段。形象的说法就是“放开两厢”“占领大道”。所谓“放开两厢”就是在即时性、社会化、碎片式的新闻竞争上，不再与移动互联网争空间、夺地盘，因为这是一个不对称的竞争，无论是时效性，还是表达方式或文字、图片、视频等，都无法利用优势和移动互联网同台竞技。“占领大道”就是围绕权威性提高报纸的核心竞争力。这个核心竞争力是多方面的，这里我们主要谈谈深度报道。

深度报道是一家报纸竞争实力和报道影响力的外在反映，是编辑部门认识问题、分析问题、诠释问题的集中体现。可以这样说，编辑部认识有多高，能力有多强，深度报道就是直接反映。因为在互联网条件下，深度报道既是报纸的独门绝技，也是报社面向社会的一面旗帜。纵观整个新闻行业，在一个地区的整个新闻表达中，碎片化的东西俯拾皆是，但分析性、启发式、深度化的报道却少之又少，而这恰恰是报纸媒体的最大新闻优势和核心竞争力。好的新闻报道一经推出，就能在社会上引起干部群众的强烈关注，成为推动地方社会经济发展的新闻力量。所以我们要发挥新闻优势，与移动互联网形成错位竞争，站在党委政府推动社会经济发展的层面，来认识深度报道的重要性，以不断增强和扩大党报的影响力和关注度，使党报真正成为传达党和政府意志，深化决策宣传，密切联系人民群众，凝聚全社会力量推动发展的桥梁和纽带。

其次，要切实把握好深度报道的“破口”。如何让深度报道令人眼前一亮？选择“破口”是关键。即在策划深度报道时，我们要用什么样的角度去选择“新闻眼”？

回答这个问题，我们首先要强调一个观念，即宏观意识。深度报道顾名思义，重点在于“深度”两个字。深度从哪里来？从宏观背景中来是必须要考虑的重要方面。

所谓宏观，就是我们策划深度报道时，要明确立足什么样的背景去分析和认识问题。宏观背景的重要性，在于同样的一则新闻，具有宏观层面的意义，才是有深度的东西，才能体现全局性和典型性。如同摄影一样，背景越大，它的景深就越大。离开了宏观背景，再好的新闻也难以体现出深度。

宏观背景如何选择，主要着眼于三个方面，即中央精神、省委部署、市委决策，这三者是一个有机结合的整体。中央精神就是党中央和国务院召开的一系列重要会议和决策部署，尤其是事关全局的一些重大工作部署和战略决策。而省市两级的重要工作，都是围绕贯彻落实中央决策而进行的全面部署和具体实施。所以把握住了中央精神，吃透了省里部署和市里决策，就有了写作的宏观背景和参照。

确立宏观意识，关键在于学习。这就要求编辑部的领导和编辑记者，养成认真学习和研究中央精神和省市部署的良好习惯，对中央重大决策了然于胸，对省市的部署明明白白。只有这样，在选择深度报道的“破口”时，才能胸中有数，把握准确。

宏观背景和意识是深度报道的灵魂，是立论的基础，是分析论证的重要前提。对宏观背景越熟悉，驾驭深度报道的能力就越强。

选择深度报道的“破口”还有一个重要的方面，就是要不断深化对市情的认识，关注重大经济拐点和阶段性形势的变化，抓住典型事例和人物，通过深度分析和描述，揭示出全局性意义，进而推动整个社会经济发展。

深化市情认识，要从中央各部门确定的全国性试点、省里启动的重大改革举措、市里围绕决策产生的探索方式和典型案例等方面入手。总而言之，从中央到省市两级的改革试点、探索突破和典型发展中寻找“破口”，是做好深度报道一个行之有效的方法和途径。

最后，要善于选择最佳的推出方式。宏观背景有了，“破口”选择好了，报道采访写作完成了，还有一点要专门提及的就是要特别注意研究推出方式，即在什么条件下推出深度报道，能够最大限度地引起关注、扩大影响，进而让报道助推全市的社会经济发展。

对于报道的推出方式，主要有以下几种途径和时机。

对于中央部署的全国试点城市，验收阶段是一个比较好的推出时机。它的深度表达具有全局性意义，宏观性总结既要“立足全国看城市”，又要“跳出城市看全国”，可以把很多不便于在验收材料中表达的东西通过新闻和深度报道反映出来，从而深化对试点城市意义、方法、成果的全面总结和分析，推动试点工作良好收官。

对于省里的先行先试，要尽可能抓住全省总结和表彰会议的时机，策划好深度报道，适时推出。当全省领导和各地代表云聚当地时，要立足于早谋划，准推出，这样既能为总结表彰添彩，也能通过把报纸放到领导和会议代表房间，扩大报纸影响，一举两得，相得益彰。

对于在改革中涌现出来的典型、市领导要求重点推介的经济发展成果和热点新闻，则要把握好全市拉练、会议等有效时机，通过典型引路的方式，深化市委决策，推动观念转变和改革创新，使典型成为推动社会经济发展的舆论引导力量。在对比中更新观念，提高认识，产生内生动力，进而转化成加快发展的强大能量。

把握“乡村振兴”的新闻脉动点

农业强不强、农村美不美、农民富不富，决定着全面建设小康社会的成效和社会主义新农村建设的质量。2018 年 3 月 27 日，《咸宁日报》在头版头条刊发了反映崇阳县实施乡村振兴战略的长篇通讯《最美乡村发现》，以深度报道的新闻形式对乡村振兴进行了反映。

全文从三个层面着眼，描述了崇阳县实施乡村振兴战略的生动实践。一是“编织一张网”，山水资源是乡村振兴的天然优势，建一体化便捷交通网，共同繁荣；织一体化科学管理网，生态共治；建一体化优质服务网，资源共享。二是“举好一面旗”，党建引领是乡村振兴的强力推手。三是“下活一盘棋”，产业项目成乡村振兴硬支撑，产业融合催生新业态，社会资本下乡，乡村旅游风生水起，互联网推进城乡商贸一体化。

党的十九大报告明确提出了乡村振兴的五个目标，即产业兴旺、生态宜居、乡风文明、治理有效、生活富裕。2018 年 3 月习近平总书记在参加十三届全国人大一次会议山东代表团审议时，围绕乡村振兴讲了五个振兴：产业振兴、人才振兴、文化振兴、生态振兴和组织振兴。①

《最美乡村发现》这篇报道，围绕乡村振兴的五个目标，提出了

① 《以“五个振兴”扎实推进乡村振兴战略》，《新闻联播》2018年3月8日。

生态建设、党组织坚强保证、产业发展三个方面的问题，使其结构顺畅、层次分明。记者在稿件撰写中也下了功夫，语言生动活泼，运用了网络歌曲，“90 后”全国人大代表、女村支书程桔的典型事例，以及县委书记的生动话语：上好全面小康的“必修课”、做好乡村振兴的“主考卷”、抢做产业项目“必答题”。从而使整篇报道流畅、明快、耐读，充满了强烈的时代感。

然而，在充分肯定这篇报道的同时，也应该看到其可以提高的方面。编辑记者注意了乡村振兴的三个方面，想使这篇通讯体现出更多的内容，但是在有限的篇幅内反映的问题过多，就容易使整个文章缺乏深度，想面面俱到，反而不能把一个问题说深说透。换一个角度思考，如果不写三个方面内容，而是集中写产业振兴，紧紧围绕产业振兴理论上怎么看，实践中怎么干，紧密联系当前县域经济的现实状况，着力研究产业振兴的现状是什么，存在哪些主要矛盾，如何解决这些问题，就可能使整个通讯更具有深度和工作指导性。

从理论上看，实施乡镇振兴战略，就是要解决我国经济社会发展中最大的结构性问题，通过补短板，强底板，使我国城乡发展能够持续健康，行稳致远，全面进步。就是要快速推进解决现代化进程中的“三农”问题，使农业、农村、农民同步现代化，防止出现农业衰落、农村凋零、农民不富的现象；就是要贯彻以人民为中心的发展理念，使亿万农民共享现代化的建设成果，让中国梦成为每个人的梦。

从实践着眼，则是要重点解决产业从哪里来、投入从哪里来、人才从哪里来、产业如何可持续等一系列现实问题。崇阳的乡村振兴，有的已经进行了初步的实践，取得了明显的成效；有的才刚刚破题，任重而道远；有的还没有从理论和实践的结合上找到路径和答案，需要更加深入的研究和探索。

乡村振兴是一篇大文章，不可能立竿见影，一蹴而就，需要坚持不懈地艰苦奋斗和努力探索。伟大的改革实践呼唤优秀的新闻作品。崇阳的改革探索刚刚开始，《咸宁日报》的新闻追踪也刚刚开始。我们期待改革实践拥有新的突破，新闻实践也能够同步取得新的突破。

升火加温“信用咸宁”报道

2018年6月23日和7月12日,《咸宁日报》在头版倒头条和二版头条的重要位置，分别以《擦亮“信用咸宁”金字招牌》和《商事在诚》为题，报道了咸宁争创全国社会信用体系建设示范城市和咸宁企业信用监管的新闻，全面展示了全市共筑社会诚信，建设信用咸宁的时代风采。

这是两篇值得称赞的重点报道，是前阶段全市信用体系建设的集中检阅和科学总结。作为全国社会信用体系建设示范城市，咸宁承载着重要的历史责任：在习近平新时代中国特色社会主义思想的指导下，紧紧围绕构建全社会信用体系这一目标，在加快自身信用体系建设的同时，也为全国其他城市探索一条信用体系建设的发展路子，起到示范引领作用。它具有宏观、中观、微观三个层面的重要意义。

宏观层面是全社会的信用体系建设，包括信用文化、信用法规、信用制度、信用环境建设，等等。市场经济的本质是信用经济，信用是构筑各种经济交往和经济生活的基础，是各种要素流动的桥梁和纽带。离开了信用，市场经济就失去了赖以生存的土壤和条件，各种经济活动也无法进行。之所以要在全国开展争创国家社会信用体系建设示范城市，就是希望示范城市能够探索一条符合中国特色的信用发展之路，由点到面，推动全社会的信用体系建设。

中观层面是以城市为中心的信用建设格局的形成。城市是信用体系建设的重要载体，是整个信用体系不可或缺的重要链条。作为全国社会信用体系建设示范城市，就是要实现中观层面的突破，以创新为先导，打破以往不利于信用建设的旧格局，以信用体系建设为中心，形成一整套符合社会主义市场经济和城市信用的新格局。这就要求示范城市的党委及政府，把观念转变作为示范城市建设的重要前提，把信用体系建设贯穿到社会经济生活的方方面面，让信用既成为经济发展的“推进机”，又成为社会建设的“约束器”，以信用为基础，构筑全市招商引资和产业发展的资本洼地，为解决发展不平衡不充分问题，创造优良信用环境和产业发展条件。

微观层面是企业和个人的信用监督体系的建立与完善。在全社会的经济生活中，企业和个人是信用体系的落脚点。信用体系建设就是要在法律、道德、风尚、文化等若干方面构筑一道又一道防火墙，让信用真正成为全社会的主流文化和价值观念，通过监督体系的健全完善，形成全社会的发展和约束体系，让有信用者畅行天下，无信用者寸步难行。

从以上三个层面分析，“信用咸宁”的报道，还应该升火加温。从全局着眼，如何在法律、制度、文化上突破，需要哪些法制层面的支持，如何构筑全社会环境建设的支撑，如何形成有利信用建设的主流文化等。从体系着眼，如何形成城市系统化建设格局，主要包括经济生活体系、社会生活体系、监督管理体系、奖惩实施体系，等等。从规律着眼，主要是运用经济生活的基本规律，在企业、个人、团体的经济活动中，寻求规律的支撑，用规律指导信用体系建设。

信用体系建设不仅事关咸宁眼前的社会经济发展，而且直接影响到招商引资和项目建设的落地及营商环境，是必须擦亮的“金字招牌”，是可持续发展的重要基础，对全国的信用城市建设也意义重大。《咸宁日报》除了综合性重点报道以外，还应该开设一些专栏，按照典型引路、工作研究、理论探讨等几个方面，在城市、部门、企业和个人中分层分类加大报道力度，同时要注意运用融媒体和大数据分析等手段，以网络为载体，引导全市信用体系建设走向深入和完善。

在勾画蓝图中加快发展

2018年9月4日至7日，《咸宁日报》在一版重要位置，推出了一组三篇“2020看咸宁”系列报道。这组报道，以党的十九大精神为指导，以绿色发展为主线，紧紧围绕“一个绿意盎然的咸宁”“一个绿心澎湃的咸宁”“一个绿色畅享的咸宁”三个方面的内容，尽情勾画了2020年咸宁发展的科学蓝图，对认识咸宁、统一人心、鼓舞斗志、加快发展具有很好的舆论引导作用。

和其他系列报道不同，这组报道是一篇面向未来、勾画发展蓝图的报道，需要一定的宏观把握和微观分析，在报道拿捏上，有一定的难度：一方面要认真研判当前的咸宁发展态势，对未来两年有一个准确的定位和判断；另一方面又要把发展的路径和主线勾画出来，使整个报道既具有前瞻性，又符合咸宁实际，能够通过一幅美好的蓝图及一条有效的实践路径，鼓舞干部群众的士气，凝聚全市上下加快发展的决心和斗志。

蓝图的规划和引领有三种类型，即近期蓝图、中期蓝图和远期蓝图。“2020看咸宁”系列报道显然属于“近期蓝图”的类型。因为它所描述和规划的时空只有两年，很多现象和分析都是当前干部群众看得见、摸得着的现实状况，这就要求整个报道更加接地气，符合干部群众的发展预期。

应该说编辑部和编辑记者，在宏观策划、结构布局、采写编排上下了大的功夫，整个系列报道开合得当，布局合理，结构严谨，文字流畅，分析到位，论述有力，比较好地勾画了咸宁 2020 年的发展蓝图，是一篇值得关注的新闻力作。

通观整个报道，全文突出了在勾画蓝图中加快发展这条主线，旗帜鲜明地展现出未来蓝图对加快发展的三个作用。

蓝图的引领作用，主要是解决发展方向问题。在《一个绿意盎然的咸宁》报道中，编辑部和采编人员紧紧围绕“绿色生态得天独厚”“绿色资源富饶丰沛”“绿色崛起路径明确”“绿色理念深入人心”四个层面展开论述，明确了咸宁未来发展的方向，即“坚持绿色崛起，率先建成全省特色产业增长极”。通过规划的引领作用，在顶层设计时贯彻绿色发展理念，选择绿色发展路径，为实现绿色崛起奠定坚实的理论和实践基础。

蓝图的激励作用，主要是解决发展动力问题。如何通过美好的蓝图统一全市人民的思想，凝聚干部群众的斗志，把各种力量集中到加快发展上来，在《一个绿心澎湃的咸宁》的报道中，编辑部和采编人员明确提出“穿新鞋、走绿道”，做好绿色发展的“加减乘除法”，即生态修复做加法、生态损耗做减法、生态开发做乘法、生态保护做除法。具体来说，就是要统筹做好现代农业、高新技术产业、全域旅游三篇大文章，在新型工业化方面重点打造清洁能源、电子信息、汽车及零部件制造、医药健康、农产品加工五大千亿产业；在现代农业方面，以“赤壁青砖茶”为品牌引领，着力推进蔬菜水果、畜禽、中药材、水产品五业齐发；在现代服务业方面，加快建设国家旅游改革创新先行区、森林养生示范区、医养结合试点市等国家级试点和示范项目，力争取得实际成效，发挥出引领示范作用。

蓝图的规范作用，主要是解决机制问题。绿色发展不仅是地区生产总值的单纯增长，更重要的是城乡居民的满意度、舒适度和幸福指数的提高。在《一个绿色畅享的咸宁》的报道中，编辑部和采编人员紧紧扣住发展的根本目的，即改善民生，提高市民的幸福感。为了答好生态文明建设的历史性考卷，以法律制度为推手和约束，全面发力，保护“蓝天、碧水、净土”，淘汰黄标车，全面启动“两湖拆违”工程，构建三大绿色生态走廊，保护长江饮用水源地，整治畜禽养殖污染，大规模建设乡镇污水处理厂，启动150亿香城产业基金，把解决环境生态问题作为民生优先领域，持续开展农村人居环境整治，打造具有咸宁特色的现代版《富春山居图》，从而在机制上形成一个促进绿色发展的整体增长体系，为绿色可持续发展提供重要的制度保障。

“三个一”：办好报纸头版的要素支撑

报纸头版不仅是一个城市党报的脸面，也是这个城市的门面。初来乍到的人，了解城市，一定会看当地的日报。看报先看头版，透过报纸形成对城市的初步印象，头版的重要性不言而喻。

如何办好头版，是报社编辑部要经常考虑的问题。尤其是作为市委机关报，把头版办好着实不容易。

办报是有规律的，办好头版也有规律可循。从中央、省级党报的办报经验来看，办好头版最关键是要着力抓好“三个一”，即一个好头条、一篇好评论、一张好照片，使其成为精彩头版的要素支撑。“三个一”是头版的结构骨架，在此基础上，再配合一些其他的新闻和信息，头版就耐读耐看、版面漂亮、深浅合适，让读者印象深刻，过目不忘。

之所以强调一个好的头版必须要有好头条、好评论、好照片来搭配，是基于党报的权威性、引导性、竞争性“三性”决定的。

权威性是党报的立足点和影响力所在。党报之所以权威，是因为它是代表各级党委、政府发声，要把党的意图、方针、政策，通过报纸尤其是头版向广大群众进行传递。在舆论传播上，它具有互联网新闻和移动媒体不可比拟的权威性，是人们获取党的方针政策最重要的渠道。

引导性是党报的本质体现。报纸最重要的功能就是引导舆论，特别是涉及党中央重大方针政策的宣传、省委重大精神的宣传、市委重大决策的宣传，都离不开舆论的引导，尤其是市委、市政府的重要决策、重要部署、重点工作，都要通过报纸，甚至是头版传递到千家万户。

在舆论传播中，对于那些贯彻落实各级党委政府重大决策而涌现出来的先进事例、重大典型、优秀个人、成功实践，都应在媒体宣传中成为党报舆论引导的示范和推手。

竞争性是相对于互联网和移动媒体而言。移动互联网的崛起，不仅为人们提供了多元化和更为广泛的信息选择，而且也改变了人们的阅读习惯。“看新闻先看手机”越来越成为一种生活方式。与移动互联网传播的竞争，不是比时效性和碎片化，而是确立党报的竞争新优势，即由独家、深度、图片等内容构成的权威性和引导力。

作为读者，移动互联网可以是饭后茶余了解花边新闻、生活百态的途径，但要真正了解地方党和政府的重大决定、方针政策、工作部署，还是要依靠党报，尤其是头版头条、评论言论和新闻照片折射的重要信息，以此构成与移动互联网的不同竞争面，使党报真正成为传达党的意图、引领工作、加快改革发展的重要载体。

选好“三个一”，从媒体空间布局着眼，报社编辑部具有很大的操作空间和新闻选择，处处都可以体现出编辑意图和出版方针，以及对新闻把控的引导能力。

“一个好头条”。除了中央和省市两级党委、政府重要会议和精神传达要不走样的刊登以外，一些重要的会议报道，还要认真研究新闻传播规律，以便让会议新闻更加深入人心，发挥出指导作用。

不久前，《学习时报》刊发的《习近平在上海》的实录中，时任上海市委办公厅副主任朱纪华介绍说，习近平总书记对如何做好市领导会议活动的新闻报道也有明确要求，他反对媒体做笼统的、一般化的会议活动报道，认为不应该单纯地报道会议活动、写某某某领导出席，强调要言之有物，比如报道某个会议要说清楚会议的意义和作用，而不是仅仅报道开什么会。① 习近平总书记的这些论述，对于搞好会议报道具有重要的指导意义和作用。

除了会议报道以外，“一个好头条”还应该反映报社编辑部在贯彻落实市委、市政府重大决策部署时的思考和对舆论传播效果的把控。它更多地应该体现在深度报道、系列报道、分析报道、调查新闻等一系列着眼于新闻特点，但又是贯彻落实市委、市政府重大决策时所涌现出来的先进人物和说服力强的事例上，运用讲故事的方式和思辨的论述，把重大的典型宣传出去。

“一篇好评论”。评论是报社的眼睛，是出神出彩的点睛之笔。一个好的头版一定要善于把头版头条和新闻评论有机地结合起来，围绕重点，引导舆论，指导工作。头版运用好评论加持，能够很好地突出重点，表达市委、市政府的决策部署，反映编辑部的指导思想，从而达到引导舆论，推动工作的目的。

好评论的方式是多种多样的，既可以单独列篇，也可以开设固定的评论专栏，大小搭配，长短适宜，让评论真正成为编辑部提高竞争力的重要利器。

“一张好照片”。互联网时代，尤其是在微信被广泛应用，并增加了图片和视频功能之后，新闻阅读真正进入了“读图时代”。为了适应竞争，在头版加大图片的分量势在必行。有了图片，不仅能够活跃版面，而且能大大增强视觉冲击效果。

在头版的编辑方针上，要确立一条原则，即能用图片反映的尽量

---

①《“习书记是一位令大家衷心拥戴的领袖人物”——习近平在上海（九）》，《学习时报》2021 年 9 月 13 日。

不用文字，以达到活版面、增视觉的效果；还可以围绕一些主题开设图片专栏，如运用无人机拍摄的“空中城市系列”，通过图片，激发人们热爱家乡、建设家乡的豪情壮志；还可以开设图文搭配的专栏，把绿色环保、生态建设和产业振兴用图片的形式表达出来，以达到图文配、视觉美、传播强的良好效果。

“武咸同城”报道如何“旧瓶装新酒”

“泉都观察”是《咸宁日报》在头版重点打造的一个新闻栏目。2021 年 5 月 7 日，该栏目推出了《武咸同城开新局》的新闻述评。这篇报道值得点赞的地方是全面地概括了 2007 年 12 月 7 日国务院批准武汉“1+8”城市圈建立以来，武咸同城所取得的“五个一体化”的成果，即基础设施一体化、区域市场一体化、产业布局一体化、生态环保一体化、公共服务一体化等；同时也对下一步对接大武汉、融入大武汉的“咸宁实施”做了“五个进一步”的基本概括，即进一步推动功能定位、进一步推进交通互联互通、进一步加强产业链合作、进一步推进科教资源共享、进一步建立健全跨区域生态保护机制。

如果从一般的报道层面来认识，这篇述评推出及时，论述完整，结构合理，但若站在一个更高更深更具时代特点的角度分析，就会发现这篇报道新意还不足。对此，需要从以下三个方面深入研究，补足短板。

宏观意义揭示要更深。4 月 26 日，时任武汉市委书记王忠林率领武汉党政代表团专程赴咸宁考察对接，共同推动武汉城市圈同城化发展。和上一轮武汉城市圈的发展不同，为贯彻落实党中央国务院推进城市群发展的战略决策，湖北省委、省政府推出了《关于推进“一主引领、两翼驱动、全域协同”区域发展布局的实施意见》。用时任省委书记应勇的话说，“一主引领”就是要强化 9 座城市就是一座城市的意识。这是一个重大的决策引导，它有两个重要的背景尤为值得重视：一是国家寄望武汉城市圈打造成新时期全国重要增长极；二是武汉城市圈对九城共享和武汉建设国家中心城市，具有引领和推动作用。

应该看到，武汉为强化国家中心城市的定位和战略实施，必须要在城市圈范围内进一步加强资源优势互补。产业分工协作和城市互动合作。尽管经过了上一轮武汉城市圈的改革发展，同城化趋势得到了加强，但总体上武汉和 8 个城市争项目、争资金、争人才、争要素的“同床异梦”现象还存在，总体上的“虹吸效应”大于“聚积效应”。区域分割、行业垄断、市场壁垒等问题在一定程度上阻碍了生产要素的合理布局和流动。因此，在全国城市群发展趋势愈加明显的背景下，核心大都市圈带动城市群发展战略，在引领国家和赢得全球竞争中具有更为深远的宏观意义。

内涵价值挖掘要更透。城市群发展到今天，经济活动已陆续注入了互联网、大数据、人工智能等一系列新的科技要素，并成为推动区域工业革命的主导性力量。这就要求我们跳出过去传统意义上对城市圈发展的一般认识，立足于要素资源保护和发展现状，通过对城市圈人流、物流、经济流、信息流、交通流等要素进行价值分析，找寻发展优劣势和长短板，打破现阶段不均衡的发展格局，突出城市圈空间再组织和要素新平衡，重点从生态资源、基础设施、产业协同、空间链接等方面构建新的体制机制。如统筹布局区域 5G 基站、大数据中心、人工智能、工业互联网等新型基础设施，加强智能停车系统、智能仓储、综合管廊等新型物联网载体建设，打造智慧城市圈。

当前还有一个新的发展内涵尤为值得重视，即武汉城市圈“碳中和”路径与生态保护框架的形成。国家为了支持湖北省的疫后重建，特意把全国性碳交易登记和结算中心放到了武汉，这就为贯彻落实生态优先，绿色发展和碳达峰、碳中和的城市绿色发展目标及城市全生态保护框架奠定了基础。武汉和咸宁可以率先探索生态指标跨区域流动的合理路径，通过碳交易的优先举措，促进要素市场一体化，实现碳排放在区域内市场平衡，构建可持续的社会生态共生系统。

发展思路反映要更新。就报道本身而言，可以看得出来，编辑和记者没有充分掌握全省关于发展武汉城市圈“九城同一”的基本思路和要求，在掌握素材和采访上存在着明显的不足。就发展思路而言，已进入研究和实施的有以下几个方面：

建立武汉城市圈规划共商协作机制。对接武汉城市圈同城化发展联席会，成立城市圈空间规划工作领导小组，在融合发展的基础上，落实县域经济发展、培育块状经济的要求。通过城市群内空间再组织、再优化，构建涵盖总体格局、空间结构、城镇体系、要素配置、重点协作区域的空间协同发展框架，促进要素跨区域流动并合理配置。明确城市圈重点城镇和轴带的职能，协同建设现代城市、特色小镇和田园综合体，构建职能互补、结构清晰、集群化、网络化的新型城镇体系，实现城乡融合、区域协同的发展格局。

组建院士顾问专家团队。充分发挥专家优势，组建由国内经济、交通、生态、土地等相关领域的院士或知名专家领衔的专家顾问团队，定期召开院士论坛和专家研讨会，从战略层面把控方向。

组建三大工作专班，即规划编制专班，统筹和规划成果编制工作，邀请国家级智库咨询机构，如国务院发展中心等展开重大战略研究；规划数据专班，涵盖地理信息、三调数据、地理国情、地质调查和国土空间规划等相关资料的提取、处理，以及规划数据库建立等工作；规划宣传专班，联合 9 座城市宣传工作组，利用线上线下平台，按工作节点展开公众参与、规划成果宣传等相关工作，提升规划影响力。

营商环境宣传要突出“三个重点”

后疫情时期，改革和发展的任务更为迫切，而发展不足始终是咸宁面临的最大实际。这个实际主要体现在“三个不多”上，即顶天立地的大项目不多、市场主体不多、具有产业链带动性强的高新技术企业不多，这一切都与营商环境有着密不可分的联系。

2020年6月10日，咸宁市委召开了推进营商环境建设暨招商引资工作会议，会议强调着力营造一流营商环境，尽己所能服务企业发展。

2020年以来，从疫情后期促进经济社会发展的重点新闻选题看，《咸宁日报》营造一流营商环境的报道着墨不多，显示出对这个方面的把握和研究重视不够。打造营商环境是推动经济发展和项目建设的“牛鼻子”，要贯彻好市委工作会议精神，必须加大报道力度，突出三个方面的重点。

一是共识。在最近几年的全国人大会议上，围绕优化营商环境，李克强总理在《政府工作报告》中多次着重强调要依靠改革激发市场主体活力，增强发展新动能，深化“放管服”改革，推进要素市场化配置改革，优化民营经济发展环境的问题。湖北省委书记也明确提出，地区发展短期靠项目，中期靠政策，长期靠环境。

资本和项目历来是往营商环境好的地方流动，打造一流营商环境应该成为全市上下各级各层干部的共识。应该看到，现阶段咸宁发展中还存在着市场激励不足、要素流动不畅、资本配置效率不高、微观经济活力不强等问题。这些短板的存在，有大环境和传统观念的影响和制约，也有认识不到位、意义不明确、没有形成共识等原因。

共识统领行动。解决共识问题要靠会议强调，靠宣传鼓动，靠学习教育，靠体制保障。在报纸的评论选择上，可以开设系列评论栏目，重点强调打造一流营商环境的重要性和意义，有针对性地提出目前咸宁在营商环境上存在的问题，把发展不平衡，发展质量不高、创新驱动不足、竞争力不强、体制改革不充分等问题作为评论的重点，逐一进行分析，以增强各级干部的紧迫感。真正在全市上下形成一种营商环境攸关社会经济发展和城市命运前途的共性认识，让优化营商环境真正入脑入心，成为各级干部的自觉行动。

二是机制。打造一流营商环境，既要靠各级领导身体力行，带头示范，更要靠机制体制保证。打造一流营商环境不是孤立的问题，它的背后是改善基础性、根本性的制度环境，即经济制度环境的包容性如何，是不是有利于构建亲市场、亲企业的政商关系，是不是有利于增强企业、市场和社会的信心，是不是有利于发展市场活力和社会创造力等根本方面。

在报道上可开设“打造一流营商环境新亮点”栏目，把全市贯彻落实市委工作会议出现的新人新事新气象展现出来。“新亮点”栏目要注重体制机制建设，讲好营商环境和项目建设背后的故事，理顺体制机制和环境建设的关系。

要以改革为主线，促进放管服改革落地，明确提出，尽管党中央、国务院和省委、省政府强化了“放管服”改革，但在咸宁落实还不够，关于审批环节和时间拖延等方面存在的问题比较多，“门好进、脸难看、事难办”的现象依然存在，部门之间各自为政，相互推诿的情况时有发生，要解决这些问题，必须加大改革力度，完善体制机制，补足短板短腿。其中关键是要建立和形成包容性、基础性经济制度，来提高效率，激发创新力，用制度创造实现高质量发展的体制机制保障。

三是流程。要充分利用网络现代技术打造一套能够检验和衡量营商环境的流程，把区块链技术中的“分布式记账”和“可溯源”等技术成果运用到流程之中，让所有招商引资和项目建设一起步就能够进入流程里。每个项目在哪些环节出了问题，“肠梗阻”是哪个部门，一目了然，通过技术手段来解决效率和责任问题。

在新闻报道上，可以推出一批正面和反面的典型，开设“打造营商环境红黑榜”，向沪、浙、粤等省市学习，以市场主体的获得感和满意度作为衡量标准。通过引入第三方机构，对县市区和部门的营商环境建设，开展评价和排名。排名靠前的通报表扬，排名靠后的进行约谈，张榜公布。通过“红黑榜”在全市范围内形成你追我赶，百舸争流，为改善和创造营商环境奋勇争先的竞争态势，打造出加快咸宁发展的强大舆论氛围和社会气场。

开辟舆论监督新领域

2020 年 12 月 8 日，《咸宁日报》在头版报眼位置，刊登了一篇消息：《对创文不力整改不实者说不——嘉鱼挂出首块不文明单位牌匾》。

这是一篇好新闻。文虽不长，但位置醒目，意义重大。事情说的是 2020 年 12 月 7 日下午，嘉鱼县城市管理综合评价工作指挥部的工作人员，将该县首块不文明单位的牌匾，挂到了鱼岳镇方家庄村委会一楼大厅的醒目位置。该村获评不文明单位牌匾，是因为 7 日上午县创文督查组到方家村走访发现，村里“脏乱差”的现象严重，墙角、断头巷、乱草丛等死角，建筑垃圾、白色垃圾十分扎眼。之所以点赞这篇新闻，是因为它体现了三个“好”。

舆论监督好形式。我们倡导舆论监督，不仅仅是要做好批评报道和问题报道，揭露和鞭挞经济社会发展和群众关心的各种问题，更为重要的是要发挥党报权威性的作用，通过正反两个方面的典型宣传，让先进激励后进，你追我赶，“黑牌”变“红牌”，从而把舆论监督的作用发挥到最佳。“好说千遍，不如报纸一见”，这就是舆论监督的威力。长期以来，我们对舆论监督的理解，更多的是发现问题和揭露问题，抓负面报道比较多。嘉鱼县挂出首块“不文明单位”牌匾的报道，打开了舆论监督的新领域，即通过报道挂“红黑牌”的形式进行舆论监督。这不仅可以报道挂牌的情况，还可以进行新闻追踪，紧紧盯住问题整改、复评，以至于摘牌的全过程，这样就赋予了舆论监督报道新的内涵，成为推动和改进工作的有效抓手。

激励鞭策好机制。后进需要激励和鞭策，改进也要有强大的动力机制。人人都有上进心，“知耻而后勇”是我们常常让后进者加快整改的激励语言。怎么激励？挂牌是一种监督，诉诸舆论是另一种监督，挂牌登报是最好的鞭策和改进方式。就像报道中所描述的：“很痛心，很惭愧，脸上无光。”挂牌后，方家庄村支书张军安立即组织召开村干部会反思和总结，开展自我批评，并对整改任务进行责任分解。他表示，将严格对照“创文”要求，争取以最快速度摘掉这块牌匾。回过头来看，倘若不挂牌登报，村支书整改的决心也许就没有这么大。因为挂牌前所有的问题不是一天两天了，如果村委会认识到问题的严重性，知道要挂牌登报，早就整改了。这也说明用挂牌和登报的形式，对于激励鞭策后进，加快问题整改的推动作用是其他方式起不到的。

促进工作好方法。我们常说抓好工作一个行之有效的方法就是“抓两头带中间”。所谓“两头”就是好的和差的，先进和落后。在舆论引导上，先进的可以大力宣传，形成良好的典型示范和排头带动作用。各级领导和新闻宣传对此都是驾轻就熟的，但对于后进者如何整改及迎头赶上的报道却不多。指出正向示范带动比较容易，但往往忽视反向警示，尤其是公开批评和挂“黑牌”。领导和舆论常常碍于情面，不想不愿，甚至不敢严加批评，进而形成了讲成绩大张旗鼓，讲问题遮遮掩掩，点到为止的现象，以至于很多工作中的问题得不到有效整改，影响了正常的进度和效率。

嘉鱼对后进单位挂牌，通过报纸昭示天下，就是弥补了工作批评和后进整改的短板，可以起到促进工作，加快发展的作用。就像报道中提到的，县里责令方家庄村一周之内整改到位，再考评验收，然后集体研究何时摘牌。推而广之，我们可以把挂牌和登报推广到各项工作中，作为优化和推动工作的一种重要形式和方法。如在营商环境优化方面，就可以列出标准，定期评比，挂红黑牌，并通过报纸进行公示，激励各县市区竞相发现问题，加快整改，以吸引更多更大的投资，促进项目建设，弯道超车，后来居上，以此推动和加快全市的社会经济发展。

比较 BI JIAO
XIN WEN PIAN 新闻篇

在“比”中图谋新发展

发展不够是咸宁最大的实际，加快发展是咸宁迫切需要解决的现实问题。2018 年 10 月 19 日和 20 日《咸宁日报》在头版头条和一版连续刊出了一组重点报道:《比思路　比项目　比作为——市拉练检查团赴县市区检查实录》。

拉练检查是一项每年都要进行几次的常态化工作。如何在新闻报道上创造出新意，引导舆论成为一个城市加快发展的重要推手，《咸宁日报》对此进行了积极而有意义的探索。

在《比思路　比项目　比作为》“三比”报道中，《咸宁日报》把每个县市区的拉练检查，巧妙地用“亮点”和“观点”进行概括，既有亮点的叙述，又有观点的评论，点面结合，夹叙夹议，从而较好地展示了各个县市区 2018 年以来在招商引资、项目建设和加快发展方面的现实情况，在比较中形成了令人信服的拉练检查成果。

看得出来，和过去常规性的报道相比，报社在安排这组报道的过程中，是做了精心策划和布置的。2018 年前三季度咸宁全市地区生产总值增长 8.5%，连续三个季度保持 8% 以上的较高增速，经济增幅高于全省和全国的平均增长水平。这种报道的出现，是对咸宁较快增长的最好注释。透过现象看本质，在“三比”报道的背后，还有“三看”可以得到更多、更鲜明的反映。

看精神状态。招商引资、项目发展背后反映出来的是精神状态，是“跳起来摘桃子”的气概和担当，是比作为的本质。看一个县市区的发展，关键是看县委班子，尤其是县委书记和县长的精神状态。可以说精神状态的好坏决定了整个工作的水平高低和成效好坏。思路也好，作为也好，成绩也好，都和精神状态有着十分紧密的联系。在同等条件下，直接反映出招商引资、项目建设的成败和经济发展的增减。

看科学方法。正确思路来自科学方法，来自按照经济规律办事，是一个县市区主要领导能力、水平、智慧的综合反映。我们正处在一个转型、绿色、高质量发展多头并进的时代，新的产业和事物层出不穷，正确的思路必须建立于科学方法的基础上，既要明确自己所处地区的资源禀赋，在发挥优势上下功夫，形成具有竞争力的产业和产业链，又要敢于“无中生有”，按照经济规律和产业链的特点，在互联网经济和战略性新兴产业上闯出路子，努力实现抢跑和超越。

看落实力度。落实是一个县市区发展思路、营商环境、工作作风和社会价值的综合反映。再好的思路离开了落实就是空谈；再好的项目离开落实就是空中楼阁，无法落地；没有落实这个根本，就谈不上社会经济发展，更谈不上作为。落实不是空洞的，而是具体的。以招商引资为例，就不能单单满足有多少项目签约，投资总额达到多少，而应该紧紧抓住有多少真金白银投到了咸宁，有多少投资项目开工，有多少项目建成投产，有多少主导性产业能够形成带动性强大的产业链等。抓好落实，必须有更加科学和严格的考核方法，用“几看几不看”来检验各级干部抓好落实的工作状态和作风建设，从上到下真正形成求实抓实的良好氛围和环境。在如何把舆论宣传和引导的落脚点放到加快发展上，《咸宁日报》已经进行了积极有益的探索。但这只是开始，我们期待全市整个宣传舆论战线和部门都能在这个方面有所作为。

学会在对比中寻找发展短板

2021年4月16日，《咸宁日报》在头版头条位置推出了一篇深度分析报道：《作为一个县级市，江西共青城聚集6000多家基金企业——咸宁向共青城学习什么？》这篇新闻，大标题醒目，冲击力强烈，有做法、有经验、有思考、有对比，看得出来，记者做了深入采访和反复研究，并进行了深度对比思考。信息量很大，启示点很多，值得认真阅评和总结。

对比性报道是改革开放以来出现的一种新闻样式。大多用于市、县和企业之间的对比分析，具有很强的思想冲击力和发展指导性，给人强烈的内心震撼。经常的发问大多出现于："同是一个地域和行业、企业，为什么他们能够做得如此优秀出色，而我们却有这么大的落后差距？"正是这种对比带来的落差，在促进各级领导正视差距的同时，也会从思想观念和体制机制的变革上，促进其学会改革开放的方法，在对比中学习，在对比中奋进，在对比中后来居上，弯道超车，从而在落后中奋起直追，迎头赶上，最终实现学习赶超和加快发展。

对比是一种学习方法和工作手段，把认识差距转化成抓好落实促进发展的动力才是关键。运用对比，主要是能够寻找三个方面的差距。

首先，思想观念的差距。任何发展的问题，都可以从思想观念和认识上找到答案。除了这篇报道提出了这个问题，有两位省级领导也在学习考察了上海、浙江和江苏之后，提出了影响力很大的发问。一位是时任安徽省委书记李锦斌的五个“大”带来的强烈震撼：树立世界第一的高标准，登高望远的“大格局”；抢占引领未来的高站位，风生水起的“大创新”；赋能优势成长的高水平，气势磅礴的“大手笔”；永葆改革之后的高境界，突飞猛进的“大势头”；砥砺实干担当的高素质，日新月异的“大环境”。另一位是时任湖北省省长王晓东在全省县域经济督促工作会议上振聋发聩的发问：“为什么条件差不多的市、县，发展差别却那么大？主要还是思想解放不够，表现在思路不够清晰，作风还有差距。”两位省级领导的发问有一个聚焦点，直指观念落后和认识上的差距，明确提出解放思想和转变观念，才是改革发展的总开关。

《咸宁日报》的这篇报道也明确提出，发展基金小镇的先导是解放思想。为此，江西共青城市委、市政府领导带头走出去、引进来，到广东、浙江等发达地区学习，在北京、上海、深圳、广州等地设立办事处，与中国基金协会和中国投资协会签订三方战略合作协议，每年举办全国私募基金创新论坛，以此来推动思想解放和认识提高，用理论指导实践，努力走出了一条具有特色和加快发展的新路子。

其次，战略眼光的差距。互联网新经济发展的快与慢，很大程度上取决于地方领导的战略眼光。贺胜金融小镇是咸宁市全力打造的以私募基金为主导的特色小镇，也是湖北省首个基金小镇。2016 年 12 月开街以来，出台了优惠政策，吸引了一批基金，但与共青城基金小镇对标却差距明显。

江西共青城基金小镇到 2021 年 2 月底共入驻基金企业 6042 家，资金规模达到 3772.26 亿元，仅两个月就纳税 11.81 亿元。入驻基金企业对外投资实体项目 4746 个，涵盖金融、新能源、半导体、芯片等各个行业，累计投入江西省的产业项目 1140 个，总资金规模达

267 亿元。其中九江市产业项目 276 个，共青城产业项目 246 个，资金规模分别达到 52 亿元和 48 亿元，成为助推江西绿色发展的“私募力量”。

这篇分析性报道，在两相比较中，明确提出敢于创新首先要有发现价值的眼光，对新形势、新模式、新事物看准很关键。只有看好了，创新才能稳准快。实践证明，能否把握新事物和新产业带来的新机遇，关键取决于地方领导看大势、看全局、看自身、看未来的视野，以及洞察机遇的独特眼光和本领。纵观一个地方特色产业的崛起和发展路径，从来都离不开党政领导独特的战略眼光和价值发现，尤其是在以互联网为特征的新经济时代，善于学习，善于发现，善于突破，善于创新，往往决定着一个地方经济和社会发展的兴衰。和传统产业和发展路径相比较，战略眼光尤为重要，体现出学习能力、创新思维和决策水平。

再次，创新和落实的差距。有了思想解放，有了战略眼光，能否实现一个新兴产业的崛起，核心还是要看创新和落实。在这一点上，这篇报道花费了比较多的笔墨，详尽地介绍了共青城发展基金小镇的一系列改革举措：如率先变资本实缴制为认缴制；创新实行免除面签制度和分页签署制度，成为全国目前唯一一个实行分业签署的城市；创新实行“可质押”制度，成为全国首个为有限合伙企业提供份额登记、托管和质押的基金小镇；通过“互联网 +”并联审批优化注册流程，引进第三方专业服务机构，加强风险管理，建立“一门进出、一窗受理、一套材料、一次采集、一网办通，一次办结”的服务模式，让“一次也不用跑”成为机制和常态。

我们经常提出优化营商环境的问题，本质上还是市场主体最有发言权。共青城基金小镇的快速发展在抓落实上最重要的一条经验，就是站在投资者的角度和位置上思考政府管理的不足：促进政府补齐服务短板，通过角色转换提升服务的专业化、精准化水平，在此基础上树立业内的口碑，形成永不贬值的无形资产。这是此类分析性报道应该要揭示的规律性内容和给予更多不同层次人士思考和启示的意义所在。

竞争性报道的妙用

2022年3月4日，《咸宁日报》在头版头条位置推出了《踔厉奋发开新局——通城县开展首届重大项目谋划擂台赛纪略》的重点报道。这篇新闻以擂台赛为主线，详尽介绍了通城县如何围绕重大项目建设的谋划，通过“比学赶帮超”掀起招商引资，加快经济和社会发展热潮的做法和效果。

这是一篇比较典型的以擂台赛为主要内容的竞争性报道。竞争既是发展社会主义市场经济的有效形式，也是改善一个地区的营商环境，加快招商引资和项目建设，促进社会经济发展的重要方法。处在竞争性的社会里，人都具有不服输的心理，这也是竞争性报道能够发挥作用的魅力所在。

谈到竞争性报道，就不能不提到《经济日报》20世纪90年代在全国引起很大反响的两组新闻。

一篇是1992年5月5日《经济日报》刊登了该报记者许宝健采写的通讯《从孟楼到孟楼》。该文客观地反映了河南孟楼经济发展落后于湖北孟楼的事实，从而在湖北和河南两省，乃至全国引起了强烈反响。报道发出后，时任河南省委书记李长春和湖北省委书记贾志杰相继走访孟楼，鼓励支持两地孟楼作为各省改革开放的形象和窗口，通过竞争加快经济发展，并因此出现了全国唯一以记者名字命名的街道——“宝健路”。

另一篇是1995年底《经济日报》用了两个头版头条，一个头版倒头条推出的《龙凤呈祥》系列报道，题目分别为《不宣而战的龙凤相争》《没有起止点的对抗赛》《内动力与外推力》。说的是湖北来凤县和湖南龙山县通过竞争加快两县扶贫攻坚和经济发展的典型事例。报道见报后，国务院扶贫办称赞竞争是落实“八七”扶贫攻关计划，促进贫困县域加快发展的有效形式。湖南省委领导提出“龙山赶来凤，湖南超湖北”；湖北省委领导则要求“守好南大门，不丢湖北人”，并相继以长沙对口支援龙山，武汉对口扶持来凤的帮扶形式，极大地加快了两个贫困县域的脱贫步伐和经济发展。

由此可见，运用好竞争性报道对于推动地区的进步，促进各项工作，是一个积极而有效的尝试。竞争性报道也是新闻推动地方各项事业加快发展的重要载体。做好竞争性报道，关键要注意解决好三个方面的问题。

找准竞争点。竞争点是竞争性报道发挥作用的关键。竞争点既是发展的难点，也是工作的突破点。正如“通城擂台赛”这篇报道所提出的，倡导全域谋项目的新理念，过去招商引资和项目建设主要是招商部门和开发区的工作任务，经济职能部门、党政部门参与度不高，服务意识不强。此次擂台赛九家单位既有开发区，又有职能部门，还有乡镇和国企，代表性强、覆盖面广，十一名评委都是群众公认的专家，既评价经济效益，又评价社会效益和生态效益，擂台赛全程直播，全媒体报道。

“通城擂台赛”这个竞争点抓得好，俗话说：“是英雄是好汉，擂台赛上比比看。”打擂台既能够通过项目建设和招商引资挑起竞争，激发各部门、各单位干部群众干事创业的热情，又运用现代化的传播手段，全程直播和全媒体报道，把整个工作过程直观地展示出来，让专家评议、群众评价、社会评论，工作好与坏，结果优与劣，一目了然。

运用比较。比较是最有说服力的，同样一个地区，同样一种条件，为什么别人能做好，我不能做好？认识问题，找到短板，缩小差距，就找到了提高竞争能力的着力点，围绕短板和差距全力整改，解决各种问题，就能不断提高竞争力，进而立足于在竞争中取胜。

“通城擂台赛”报道，紧紧围绕比较方法，确立了四个方面，即选项目、晒亮点、评等次、奖绩效。“是骡子是马，拉出来遛遛。”尤其是擂台赛这种形式，工作和成效用事实说话，人人可见。正如报道所说，擂台赛制定了前瞻性、必要性、落地性、效益性、综合性五个层面的评分和细则，从发改局、环保局、财政局等部门选聘了十一名专家组成评委团，对参赛项目打分。

运用比较思维，还可以把竞争性报道推广到全市项目拉练检查，全国试点城市同类改革项目的不同发展，市域间、县域间同等条件下的对比发展等，从思维、格局、突破、方法、效果等方面进行比较，使被报道者从报道找出差距，坚定信心，加快发展。

典型推广。竞争性报道不是孤立的。它在更大范围内具有典型性，能够推广。“通城擂台赛”已显示出五个方面的效果和作用：项目谋划主体越来越多、项目投资底盘越来越厚实、项目建设速度越来越快、项目申报越来越精准、项目服务氛围越来越浓厚。

从整个报道来看，“通城擂台赛”是县域经济加快发展的有效形式，具有推广作用，是一个值得重视的工作方法。因为能否推广是衡量报道能否起到作用的重要标准。有了推广价值，就可以在宏观、在全局、在更大范围内发挥作用，而这也是报道的典型性和新闻媒体发挥各自作用的价值所在。我们希望《咸宁日报》在此基础上，能够有更多更好的竞争性报道推出。

述评 SHU PING

XIN WEN PIAN 新闻篇

“显亮点看拐点抓热点”三篇述评见功力

一年之计在于春。2018年1月23日到1月27日，《咸宁日报》在五天时间内密集地推出了在省市内外具有较大影响力的三篇述评。1月23日《我市经济发展呈现稳中显优的态势》；1月24日《咸宁：向高质量发展挺进》；1月27日《靠绿色赢得胜局靠特色赢得市场》。

三篇述评紧紧围绕党的十九大、中央经济工作会议精神和咸宁发展阶段的主要特征，前后呼应，高潮迭起，通过客观分析和舆论造势，较好地展现了咸宁2017年的经济发展和2018年工作的基本态势，反映了办报水平的阶段性提高和对舆论引导的助力。

述评在报社重大报道中有着其他新闻形式不可替代的重要地位，尤其是在半年、年终和开年，以及转折性重大报道中，可以起到分析形势，凝聚人心，明确任务，引导舆论的重要作用。三篇述评，从三个不同的侧面体现出不同的特点。

显亮点。《咸宁：向高质量发展挺进》紧紧围绕四个方面，即“一季一拉练：谁英雄谁好汉，项目建设比比看”；“一季一排名：通过倒逼机制打牢责任链条，变压力为动力”；“一季一开工：今天的项目开工数，就是明天的经济增长点”；“一季一签约：投资价值攀升，投资回报丰厚，项目扎堆签约”，全面地展示了咸宁贯彻落实党的十九大和中央经济工作会议精神，紧紧抓住招商引资和项目建设这个“牛鼻子”，着力解决咸宁发展不够和发展不平衡不充分的问题。全文亮点频闪，事实充分，采访扎实，结构合理，反映出咸宁在贯彻落实中央经济工作会议关于经济高质量发展的做法和成效，鼓舞人心，令人振奋。

看拐点。《经济呈现稳中显优的态势》是典型的拐点述评。拐点既是趋势也是曙光。认识拐点，分析拐点，是经济述评一个重要的功能和特点。这篇述评以 2017 年咸宁经济增长为主线，围绕固定资产投资、规模以上工业增加值、全社会消费品零售总额、出口、地方一般公共预算收入、城乡居民收入六个方面的增长，尤其是快于地区生产总值的各项增长指标居于全省前列。以数据为支撑，标志着咸宁的社会经济发展已经步入到一个新的阶段，走上了稳定快速发展的起跑线。这篇述评的不足之处在于比较多地罗列了数据，而缺乏系统分析和全省地市间的横向比较，从而使整篇文章缺乏有力的分析支撑和理论说服力。

抓热点。《靠绿色赢得胜局　靠特色赢得市场》这篇述评是湖北省人大会上，时任省长王晓东参加咸宁代表团审议政府工作报告时提出的一个重要观点，是当前绿色发展的热点问题。虽然问题来自省两会，但报社并没有拘泥于两会的报告审议，而是放在党的十九大报告中关于加快生态文明体制改革，建设美丽中国的大背景下，咸宁如何把生态优势转化为发展优势，实现“总量领跑”向“绿色领跑”的转变，走出了咸宁特色的绿色崛起之路。全文有背景，有分析，有事例，较好地展示了咸宁在绿色发展中的不懈探索，是一篇具有说服力的热点述评。三篇述评的连续推出，不仅反映了报社在新闻改革和加强舆论引导能力建设的积极探索，同时也表明《咸宁日报》正在各方力量的共同推动下，逐步迈向全省地市优秀报纸的第一方阵。

“微型述评”要有创新点

2020年7月29日，《咸宁日报》在一版偏头条位置，推出了以微型述评为栏目的咸宁产业系列述评报道。除了8月8日的头版头条《咸宁夺得全省工商类市场主体增幅第一》是一篇综合性述评外，到8月11日止，先后推出了《话说咸宁油茶产业》《话说咸宁桂花产业》《话说崇阳钒产业》《话说嘉鱼蔬菜产业》《话说赤壁青砖茶产业》共五篇产业微型述评。

看得出来，《微型述评》是《咸宁日报》精心打造的一个重要栏目，反映了编辑部大胆创新的采编思路。

“微型述评”，顾名思义，就是短小精悍的一类述评，它的文字量不多，每篇都围绕咸宁市和下辖县市的一个主导产业进行述和评。应该说在当前“疫”后复工复产，加快产业推进之时，这组述评对于全市进一步发挥资源优势，理清产业发展思路，打造地方品牌，把资源优势转化成产业优势，将起到重要的舆论引导作用。

从已经刊发的五篇微型述评来看，这组报道大多延续了在传统报道中常常运用的基本模式，从历史沿革、产业现状、存在问题、发展思路等角度进行了分析和解剖。虽然有的述评不乏亮点和精彩之处，但从整体着眼，仍然难以让人耳目一新。

新闻贵在一个“新”字，尤其像地方产业这类报道，咸宁本地记者对地方的基本发展情况大都能说出个大致眉目来。虽然编辑部推出这组报道力图出新出彩，实现一些新闻改革和突破，但如果没有创新点，就难以达到编辑部力图达到的目标和效果。纵观当前新闻改革的发展大势，“微型述评”的创新点应该体现在以下三个方面。

思维创新。就是不能孤立地就产业谈产业，而应该把咸宁的优势和主导产业，放在一个大的宏观背景下，用纵、横两个坐标来进行审视和观察。纵坐标就是国家宏观发展背景和产业政策，如产业转型升级、科技创新、供给侧改革、扩大消费、国内国际两个循环等。横坐标就是要借鉴全国其他城市发展同类产业的成功经验，进行横向比较。他山之石可以攻玉，通过具有说服力的对照，给产业发展提供启示。一句话就是要把中央政策和全国其他类似城市产业发展的成功经验与咸宁实际有机地结合起来，从更高层面来确立新的产业发展观，用新思维引领产业新发展。

思路创新。除了传统的产业发展思路外，当前尤其要重视互联网、大数据，以及区块链等带来的产业格局变化。从当前抗击疫情的产业发展实践来看，一大批传统产业都步入了下行通道，电商、微商、短视频、直播等互联网产业则快速崛起，反映出产业变革带来的市场格局变化。在论述产业发展的过程中，一定要注重信息技术给产业变革带来的机遇，在传统产业发展的思路中注入信息革命的元素，用新思路催化产业的变革和发展，更好地利用市场机遇和消费人群的行为新方式，用新思路替代传统手法，以新换旧，用新思维之锤敲开产业发展之门。

思辨创新。积极改变传统的新闻表达方式，在信息采集、语言组织上更接地气，合理运用互联网和网络语言。数据运用要坚持以一当十，惜“数”如金。对于咸宁人已经了解的基本情况和传统产业的发展办法内容可以压缩，集中笔墨在思辨上做足文章，紧紧抓住产业发展的主要矛盾，找到产业发展的症结，对症下药，而不是面面俱到。

围绕观念、品牌、资金、人才、技术、市场、产业链中最突出的问题，说深说透，赋予其强烈的思辨色彩。通过思辨创新，谋求抓实求实的落脚点，真正把产业发展的主攻方向搞明确。如果前五篇述评，每篇都运用思辨且有一个创新点，如《产业升级看油茶》《文化融合看桂花》《产业链延伸看产品钒》《品牌视野看蔬菜》《互联网思维看青砖茶》，就能够让述评体现出创新和深度，通过思辨创新引导真抓实干，充分发挥出舆论推动产业发展的作用。

鼓角为乡村振兴而鸣

中央农村工作会议2020年12月28日至29日在北京举行。此次会议强调要举全党全社会之力推动乡村振兴，促进农业高质高效，乡村宜居宜业，农民富裕富足。

2021年1月6日，《咸宁日报》在头版头条位置推出了《田野播撒新希望——嘉鱼县官桥八组试点国土综合整治观察》的长篇通讯。这件新闻作品是贯彻落实中央农村工作会议精神的一篇力作。它从国土综合整治的角度，深入剖析了官桥八组的实践经验，客观反映了乡村振兴的发展路径，值得充分肯定。其特点主要体现在三个“新”上。

贯彻了中央农村工作会议的新精神。习近平总书记在中央农村工作会议上的重要讲话，进一步指明了加快农业农村农民现代化的基本方向，明确了2021年乃至今后一个时期“三农”工作的主要任务，部署了全面推进乡村振兴的重点工作。①

在中央农村工作会议召开一周后，《咸宁日报》不失时机地推出以乡镇振兴为主题的官桥八组报道，既是对中央农村工作会议在新闻宣传上的集中展示，也是对会议新精神的贯彻落实。

这次中央农村工作会议一个重要的新精神和工作部署，就是全党工作重心将由脱贫攻坚转移到全面推进乡村振兴。在这个时间节点快

① 《真抓实干做好新阶段“三农”工作》，新华社2020年12月29日。

速推出乡村振兴的报道，反映了报社编辑部在报道方向上的政治敏锐度和对宏观背景的把握，显示了积极贯彻落实中央精神先人一步的思路和部署，通过新闻造势为乡村振兴鸣锣开道，走在了舆论引导和工作推动的前面。

探索了乡村振兴的新路径。乡村振兴是篇大文章，涉及“三农”工作的方方面面，报社编辑部牢牢抓住了国土整治这条主线，以此作为推动乡村振兴的主要抓手，以国家实施生态文明建设和乡村振兴战略为一个统一的背景，充分利用嘉鱼县实现国土整治试验区的有利契机，走出了一条“田成方、路成网、树成林、旱能灌、涝能排、山复绿、果飘香”的乡村振兴新路径。

和其他乡村振兴发展的路子不同，官桥八组是把全域国土综合整治作为乡村振兴的重要路径，促进了保护耕地红线和“藏粮于民”的落实举措。它的主要特点就是在发展战略上，坚持以建设生态文明为核心，以美化村庄环境为重点，以激发产业活力为目标，通过耕地“占补平衡”和以城乡建设用地“增减挂钩”政策为驱动，着力构建“山、水、林、田、湖、草、茶、村、路、产”十大要素为一体的城乡命运共同体，是一条有利于乡村振兴发展的新路径。目前这项工作已列入全国十个社会资本参与国土空间生态修复的典型案例。

总结了乡村振兴的新经验。为了把典型性和推广性有机地结合起来，使官桥八组的经验花开全市、全省，乃至全国，嘉鱼县委、县政府先行先试，按照政府主导，部门联动，企业实施的模式，以高标准规划为引领，着力做好“国土综合整治 +”的文章，优化空间格局，修复生态系统，引入主导产业。

这些经验概括起来就是报道中所提出的“一二三六”的基本思路，即围绕一个中心——乡村振兴；坚守两条红线——生态红线与耕地保护红线；实现三个叠加——土地利用及土地权属结构与产业布局叠加、土地利用格局与生态景观格局叠加、建设用地布局与增减挂钩实施叠加；实施六个一工程——修复一批生态体系、修建一条旅游道路、改造集并一批村庄、完善一批基础设施、打造一批郊野公园、植入一批主导产业。

这些经验一改过去单兵独进和单项治理的做法，把国土整治和乡村振兴有机地整合成一个整体，按照系统性的思维，综合施策，全面规划，要素布局，多点并进，成为可借鉴、易操作、利实施、便规范的实践措施。

这些经过概括的路径和经验，不再是空洞的概念总结，而是赋予了乡村振兴工作实实在在的具体推动和可实践性。有专家就认为，官桥八组试点项目区，优化了农村生产、生活、生态国土空间布局，形成了农田集中连片、建设用地集中聚集、空间形态高效集约的国土空间新格局，在全省具有典型示范意义。乡村振兴的号角已经吹响，我们期待《咸宁日报》能够推出更多更好的优秀报道和新闻作品，通过鼓与呼，推动乡村振兴工作不断走向深入。

“项目建设”报道折射出来的三个意识

2021年1月21日起，《咸宁日报》以《开启新征程，见到新气象——我市开展项目建设“结硬账”拉练检查实录（上）》为开篇，相继用头版头条和二版头条共四篇重点新闻的形式，对全市项目建设情况进行了系列报道。

这组系列报道，有全市七个县市拉练检查亮点项目实录和评论盘点，有市委书记在全市项目建设工作会议上的重要讲话，还有新闻述评，使现场实录、会议督办、深度分析有机地融为一个整体，充分体现了运用系列报道展示实绩、推动工作、落实项目的作用，并从中折射出一组好的系列报道应该具有的三个意识。

一是组合意识。三天时间，四篇新闻。看得出报社编辑部在报道组合上的匠心。好的系列报道一定是组合出来的，在这一点上可以深入地反映出报社编辑部策划思维和编辑思路。组合善出好新闻，关键是要找到事物的内在逻辑联系，把许多看似分散的、并不一定紧密相关的事物和新闻要素，按照横向和纵向两个方向的逻辑有机地联系起来，增强报道的力度和深度。

过去谈论策划报道思维，人们往往注重报道本身，更多地把注意力放在怎样把报道写出深度上，力求鲜活，而往往忽视组合的要素。其实，一组好的系列报道，组合是更为重要的策划因素，这就是我们常说的，既要立足报道看报道，也要跳出报道看报道。所谓“跳出”，就是要把与报道相关的内容和因素，以不同的新闻形式有机地组合起来，让报道的深度更具有全局意义。

组合报道的形式也可以不拘一格，各取所需，既可以用编者按或者编前话，开明宗义点出报道的总体内容和篇幅，也可以标识出专题专栏，以上、中、下和数字来进行表达。这组项目建设系列报道，如果能够以专题专栏标识一下，就可能更加醒目，更加具有组合性。

二是深度意识。系列报道的灵魂在于它的深度。这篇报道前两篇主要是拉练项目介绍，以项目亮点和评论盘点为主体。实事求是地说，两篇报道虽然篇幅很大，但都是罗列式介绍，很难表现出报道的深度，报社编辑部显然是意识到了这个问题。在1月22日头版头条，以《做抓经济工作的行家里手以更大力度推进项目建设》为加黑标题，突出报道了市委书记孟祥伟在全市项目建设工作会议上的讲话，从而为报道深度找到了最佳的表现载体和落脚点。如思想层面的“三个努力”：努力以思想破冰引领发展突围；努力锻造过硬作风，坚决把各项工作往“深、实、严、细、久”里做；努力严明奖惩，把项目建设论英雄的旗帜鲜明地树立起来。又如工作层面的“四要”：要狠抓项目谋划，推动更多项目挤进国家、省里的“盘子”；要抓好项目落地和开工投产达效；要紧盯主导产业、龙头企业和重点区域抓招商，做好产业链招商的大文章；要以企业需求为导向，打造市场化、法治化、国际化的营商环境，全力抓好平台载体建设。

这些重要的精神和工作重点，从市委书记口里说出来，通过报纸推介出去，既推进了下一步全市项目建设的工作力度，也增加了新闻报道的内容深度，使新闻报道成了项目建设的助推器，让舆论引导为加快发展鸣锣开道。

三是思辨意识。有了项目拉练介绍，有了市委书记讲话带来的深度内容，在一般人看来，这个报道就可以结束了，但报社编辑部显然言犹未尽，又在1月28日二版头条推出了《一季度项目拉练看核心竞争力》的新闻述评，从而赋予了整个报道强烈的思辨色彩。这篇新闻述评从“深挖一瓶水的产业产值”“聚焦比较优势强链补链”“创新驱动让项目扎根”等层面，深入分析了“怎么看咸宁的绿色产业发展”“怎么围绕主打特色产业链发力，着力延链补链强链”“怎么通过创新驱动让项目扎根”这三个在招商引资和项目建设中必须要解决的问题，从深层次揭示了咸宁项目建设的经验和启示，给人以更多思考。

这篇新闻述评侧重于对产业、项目和创新的理性分析，具有强烈的思辨色彩，如生产要素都在向中心城市集聚，作为大城市周边的城市如何发力？赤壁市的做法是建立县级高质量发展研究院，重点在中试阶段聚能，力促科技成果转化。因为目前在高校，一般不做中试，企业中试成本高，存活率低。由于抓住了中试的环节，该院已引进十个专家团队，承接八个研究项目，2021年预计营收2000万元。市委书记孟祥伟认为，这是一个很好的探索，不仅解决了当下过得去的问题，而且能够解决将来过得好的问题，创新驱动把项目的根留住，形成核心竞争力。

一个好的有影响力的系列报道和深度报道，一定是组合、深度和思辨三个要素的辩证统一。这正是项目建设这组系列报道，在新闻实践和理论上带给我们的重要启示和规律揭示。

着力放大“双循环”报道的新闻效应

“双循环”已成为把握中国宏观经济发展走向的关键词。2021年4月6日，《咸宁日报》在头版头条位置，推出了工作通讯《赤壁：一块青茶砖的双循环》。这篇带有分析性的新闻报道，以赤壁青茶砖融入国内和国际两个市场为主线，客观地反映了赤壁以青茶砖为代表的茶产业和产品在实践“双循环”战略中的探索路径及成功经验，对全市乃至更大范围内的企业，如何在产业和产品战略中走出具有自己特色的“双循环”之路，具有重要的启示和借鉴意义，值得认真总结和阅评分析。

中央提出的“双循环”战略是基于国内和国际市场变化的客观选择。其目的就是要构建“从上游到下游”完整的内需体系，进一步扩大对外开放，形成国际合作新优势。从宏观层面着眼，它是在国内和国际市场环境发生变化，尤其是对外贸易遭受到一些西方国家制裁，外销产品受到冲击的情况下的战略对策，它的目的在于通过由内到外的刺激消费，推动资金链流通，让内需和外需互相促进，最终实现经济高质量发展。就这篇报道而言，有三个方面的内容值得分析和研究。

产品方面——提高品质。提高产品品质，更好满足消费需求，是供给侧改革的重要内容。在这个问题上，报道专门在小标题《赤壁青砖茶怎样融入双循环》的内容里，着重谈了如何抢占健康消费风口，瞄准高品质生活，推动老砖茶走绿色有机之路的过程。这一部分的关键词是品质、绿色、有机、健康，重点讲了以茶为媒，融入消费升级换代和健康主流品质的发展经历，如为了实现全产业链提质，青茶砖产业发展集团按照品质控制的要求，在核心茶园和茶区建立了 1.2 万亩标准化优质茶园基地，并获得了有机认证。

围绕供给侧改革，着眼于提升产品的优良品质。赤壁青茶砖产业发展集团在生产环节，强调全产业链的品质控制，从原料生产到加工环节，每一个链条上都实行了严格管控，目的在于以质取胜，用标准化的产品品质促进升级换代，用高质量的品种取胜市场，促进消费提档升级，不断提升绿色价值链和品牌附加值，致使老青茶的价格，比普通青砖茶叶每斤高出 3 ～ 4 元，实现了提质增效的市场跨越和产品结构裂变。

营销方面——融网流通。再好的产品也要靠吆喝，如何吆喝？处在互联网时代，尤其要重视互联网在产品销售中的独特作用。报道开头就写了集团“淘茶网”上线四个多月销售额就从 100 多万元飙升到 4000 多万元。但这还是不够的，网络经济时代，还可在更大范围内加大互联网的营销力度，探索直播带货，网红主播，抖音营销等多种新的产品营销方式。

应该看到，当前在物流配送集约化的背景下，加大互联网推广和营销力度，是促进实施“双循环”的重要内容。融网流通是篇大文章，还有更大的探索空间。报道提到了加大推介力度，讲好茶故事，唱响茶品牌，按照“四统一”的要求即统一公共品牌、统一宣传口径、统一质量标准、统一销售价格的实践路径，合力打造赤壁青砖茶的公共品牌。如果在采写和编辑过程中，能够多一些笔墨用在互联网营销的探索和新的实践思路上，这篇报道将更具有探索精神和实践指导意义。

市场方面——引导消费。引导消费潮流，是市场更高层次的价值取向，代表着“双循环”的发展方向，报道对此作了深入的揭示。如为顺应快节奏、新变化的消费潮流，积极开拓年轻群体的消费市场。2020年推出的“巧克力”青砖茶，凹凸有致，用手就可以轻松掰成小块，很快就成为年轻人砖茶消费的新宠，其价格也不断走高，吨价达到原来的3～5倍。随着老砖茶变为新“青”砖，消费群体的平均年龄已由以前的40岁以上，调整至25岁左右。

在国内和国际两个市场通过“双循环”相互促进方面，这篇报道也做了很好的介绍。目前企业已在一带一路沿线国家和地区开设了100余个体验窗口，参与发起了中俄万里茶道申遗活动，赴俄罗斯、法国、瑞典等国开展公共品牌推介活动，与20多个国家和地区开展交流合作。2021年一季度的出口订单，已追平2020年全年订单，创近年来的最好水平。

从总体上看，这篇报道题材重大，采访深入，结构合理，观点鲜明，具有启示和探索意义，不足之处是作为一篇头版头条报道，有些语言表达不清楚，如第三部分“融入双循环带来了什么？”有句话说：“赵李桥茶厂的青砖茶，国内销量已经超越边销量。”这句话有歧义，不知道想表达什么，读了半天也没有弄明白，这是今后在编辑和校对环节中应该加以注意的。

文化新闻篇

WEN HUA XIN WEN PIAN

江南桂花唱“乡愁”

2017 年 11 月 22 日《咸宁日报》四版头条文章《乡愁是一首歌》，是一篇值得点赞的好新闻。这篇报道以歌曲《江南桂花香》产生的过程为主线，运用了讲故事的方式，生动地展现了咸宁的物产及地域人文特色；丰富了以乡愁文化为主题的歌曲表达内涵；深度积淀了咸宁丰富的精神文明建设成果，具有强大的社会影响力，以“三有”形成了三个特点。

有故事。全文以故事的形式贯穿头尾。讲好中国故事是习近平总书记对中国记者和中国新闻提出的历史性要求。好故事是好新闻的起点，是引人入胜的关键。该文通篇充满了故事元素，三个层次，三个故事，三个结构部分全部是以讲故事作为主要的描述方式，从歌曲的产生到歌曲的演唱，再到歌曲的推广，娓娓道来，丝丝入扣，非常符合中国人的阅读习惯，使人一读就放不下来，有一口气把它读完的冲动。而让人物和情节贯穿其中，是这篇报道成为一篇好故事的原因。该文以时间为顺序，把歌曲的生产过程、演唱过程、推广过程步步深入地进行了介绍和解读，既是艺术生产的规律顺序，又是时空转换的逻辑联系，一气呵成。

有文化。如何在一篇故事中引入丰富的文化内涵？该文一个重要的特点就是把歌曲和文化的表达元素紧密结合起来，借用乡愁为一篇看似讲述歌曲的普通文章注入了深刻的文化底蕴和内容表达。近年来，习近平总书记曾以看得见山，看得见水，看得见乡愁来表达对中国文化的传承寄望。而乡愁则是最重要的文化载体和精神内涵。乡愁的内容是丰富的、多方面的，歌曲作为一个重要的门类和艺术体裁，是表达乡愁最好的形式之一。记者紧紧扣住乡愁这一文化脉络，把歌曲《江南桂花香》的创作过程与乡愁牢牢地联系在一起，从而使歌曲有了最大的时代背景和文化内涵。一读文章就有一股乡愁的清流从心中缓缓流过，使人浮想联翩，回味无穷。

有推广。一篇好的文章，要产生最大的社会效果，它的推出方式至关重要。尤其是在互联网时代，移动互联网传播就成为扩大这篇文章影响力的重要载体和推手。

很多读者起初读这篇文章并不是来自报纸，而是市委常委、宣传部长闫英姿发的朋友圈。这就很有意思了，一个市委领导利用手机微信朋友圈来推介反映咸宁丰富文化内涵的好故事，本身就说明了三个问题：一是互联网已经成为各级领导推介城市品牌的重要载体和手段；二是移动互联开始进入到各级领导的视野，互联网思维成了重要的工作方法；三是互联网和传统媒体的融合发展，是扩大报道影响力的最佳途径。尤其是闫部长推介的这篇文章，最后又加入了《江南桂花香》能否成为咸宁市歌的悬念，从而使人产生更多的联想和期望。特别是用手机微信推介时，把文字、照片、歌曲全部表现在微信朋友圈上，使微信丰富的表达方式和海量资讯特点得到了淋漓尽致的发挥，给人更强烈的艺术享受和文化冲击。

董继宁的“咸宁符号”

几千年的历史传承铸就了积淀深厚的咸宁文化。2018年7月9日《咸宁日报》在一版倒头条位置推出了《董继宁：让艺术彰显时代回馈人民》的长篇人物通讯，这是2018年《咸宁日报》推出的一篇重点人物报道，是咸宁历史文化积淀的鲜明表达，它从三个方面体现出董继宁身上不同凡响的“符号”意蕴。

淡泊名利。淡泊名利是历史上大艺术家的最高境界。董继宁用一生的积蓄，设计修建了一座美术馆赠给家乡；将60年来创作的32幅精品巨作捐赠给中国国家博物馆；用五年薪酬共100万元设立艺术奖学金，帮助和鼓励贫寒的优秀学子。董继宁如同一股清流，滋润着人们的心灵，而这正是艺术大家创作的最高追求。

大凡具有影响力的艺术家，最好的创作成果并不是来自名利的激励，而是对所处时代背景下社会的反映和其生命激情的心灵交响。董继宁为家乡捐馆、为国家献画、为贫困学子设奖等，是他创作的最初源泉。

画为人品，董继宁用他的行动和追求，应答了艺术“从哪里来、到哪里去”和艺术家“我是谁、为了谁”的历史之问，诠释了如何对待名和利的人生道理，树立了艺术追求和风格，展现了面向社会，植根基层的高尚情操。

人文传承。董继宁是从咸宁走出来的文化大家。一方水土养一方人，正是积淀深厚的咸宁文化，为艺术家提供了源源不断的创作灵感和文化内涵。在专著《中国近代画家》中，共介绍了十四位名家的成就，近代的有齐白石、张大千等，当代的有黄永玉、董继宁等。作为省人大代表、享受国务院专家津贴、文化部优秀专家、全国艺德标兵，董继宁的作品多次参加全国和国际大展，被国家博物馆、中国美术馆、毛主席纪念堂、人民大会堂、中国国家画院收藏。“艺术要反映时代，艺术要有社会担当，艺术要有人文情怀”，这正是董继宁人文传承的创作之魂和艺术之源。

乡愁情怀。董继宁 1977 年被乡亲们推荐，从咸宁汀泗镇的乡村走出，到武汉读大学。乡愁是他心中永远挥之不去的文化符号。故乡的山山水水，家乡的父老乡亲，始终是他的创作灵感之源。众多画作中散发着生命气息的山坳、溪流、轻烟、薄雾写满了他对咸宁这块生养土地的热爱和眷恋。

正是这种铭记在心的乡愁情怀，使得董继宁在面对家乡农村文化资源缺乏的问题时，萌生了拿出全部积蓄在家乡建一座公益性文化机构，改变农村文化生态的想法。选址时，不少人提出建在咸宁市区，但董继宁坚持建在农村，并明确提出文化繁荣的提升要从农村做起。

2011 年 10 月 26 日，投资 1000 万元的江山大屋建成开馆，这是目前全省唯一一座由个人投资兴建，集美术创作、展览收藏、兼具农村科技阅览、文化普及、学术交流等多功能的公益性文化机构。

董继宁将它命名为“江山大屋”，寓意为要记得住山，记得住水，记得住乡愁，记得住文化之根和艺术之魂。董继宁还做出一个重要决定：“江山大屋”的产权赠予咸安区政府，自己在有生之年仅保留管理使用权。

“江山大屋成了鄂南咸宁的一个文化符号。”这是一位留学美国学生的评价。致力于让每一个心灵都照进亮色，让每一寸土地都斑斓动人，以文化力量推进乡村振兴、社会和谐、百姓幸福，这正是董继宁所代表的咸宁符号的深刻内涵，它体现了社会主义核心价值观和先进文化的本质，理应得到全社会的认可和尊重。

宗祠文化“转型”意义大

2018年10月12日，《咸宁日报》在头版头条推出的《通山宗祠文化千年“转”一回》的报道，是一篇具有很强时代性的新闻作品。

宗祠是中国文化传承的重要组成部分，是记住乡音乡愁的重要文化载体，在很多人的心中具有其他文化场所不能替代的功能和抹不去的文化记忆。

在通山县农村，几乎每个姓氏都有自发建设的祠堂，全县12个乡镇，187个行政村，共建有宗祠180多个。这些宗祠不但地段好，有的还建得相当气派。由此可见，宗祠作为农村基层文化场所所具有的独特价值和作用。

在众人的印象中，宗祠更多的是地方宗族在文化传承方面发挥作用和影响的地方，是大年大节搞祭祀活动的场所，平时大多闲置，群众敬而远之。如何解决农村基层文化工作的场所相对缺乏而宗祠大多被闲置的矛盾？通山县巧妙地在盘活宗祠资源上下功夫，把旧资源场所装上新的文化内涵。在保留宗祠对于传承地方文化有益部分的同时，把先进的文化内容和宗祠场地上的优势有机地结合起来，让“百姓讲坛”“培训中心”纷纷走进宗祠，从而使千百年来祭祀先祖的农村宗祠转型为弘扬先进文化和培训新型农民的传播地与大课堂。其中“两新两旧”给人印象深刻。

“旧瓶装新酒”。通山县大胆对宗祠文化进行“移花接木”和“精准转型”，让过去的宗族祠堂变身为农民的文化礼堂。县委、县政府拨出专项资金，为传统宗祠穿衣戴帽，量身配置，即实施建一个国旗台、一个农村书屋、一个乡贤宣讲队、一支文艺团体等“十个一”工程，在硬件和软件上为农村宗祠转型成文化礼堂创造条件。

过去的农村祠堂的“旧瓶”，一旦装上了文化礼堂的“新酒”，不仅解决了基层文化场地缺乏的矛盾，在内容建设上也为如何传播先进文化设定了具体的内涵，从而赋予了农村宗祠在形式和内容上的新价值，让农村文化礼堂成为新农村建设的文化载体。

“旧曲唱新意。”通山县地方文化内容丰富，山歌、木雕先后成为省级、国家级“非遗”项目，群众演出活动风生水起，十分活跃。有了“十个一”为基础的文化礼堂，传播先进文化就有了基地和载体。在南林桥镇石门村，夏氏宗祠“会稽世第”的匾牌代之以鎏金的“文化礼堂”条幅，忠孝礼廉、家风家训等箴言画幅格外引人注目，这里既有中国传统文化的精华，又继承了宗祠家族有益遗训，加上新时代文化内涵的弘扬，使历史与现实的与时俱进成为可能，让先进文化在历史传承中找到了注入和继承的良好方式。

祠堂改课堂，祭坛变讲坛。农村宗祠转型为多功能文化礼堂，有利于传播先进文化，激发社会正能量，促进乡风民风转变。通羊镇犀港村利用“王氏祠堂”承包经营开设乡土餐厅和乡土文化活动中心，每年向村里上缴利润 20 多万元；闯王镇高湖村芭蕉湾“焦氏祠堂”、黄沙镇孟楼村“孟氏祠堂”等 20 多座百年历史古祠堂变身民俗休闲观光景点，年增加游客 10 多万人次。这一点从通山大路乡“草根明星”徐次节的“脱口秀”中得到了印证：天上喜鹊叫喳喳，地上鲜果带回家，干群齐心脱贫困，农村生活顶呱呱。

在肯定这篇新闻稿的同时，也要看到这条消息有一个明显的不足，《通山宗祠文化上演千年“转”一回》，用“千年‘转’一回”做标题，不是很恰当，容易产生歧义，如果用《通山旧宗祠转出农村文化新篇章》或《通山旧宗祠装出农村文化新美酒》等，就更加贴切和恰当。

民生 MIN SHENG
XIN WEN PIAN 新闻篇

《干部改任专职扶贫官》是篇好新闻

读了2018年5月14《咸宁日报》头版头条的新闻：《通山十四名干部改任专职扶贫官》，令人耳目一新。

党的十八大以来，党中央国务院把脱贫攻坚摆到治国理政的重要位置，举全党全国全社会之力，全面打响脱贫攻坚战。2018年4月24日至28日，习近平总书记视察湖北发表重要讲话时，又专门对脱贫攻坚工作提出了明确要求。① 正是在这种大的宏观背景下，通山14名干部改任专职扶贫官，不仅显示出了重要的新闻意义，也凸显了新闻作品应有的三大要素。

一是事件要素。如何在结合、激发上下功夫？关键是要解决人的问题。过去扶贫也有不少工作组、工作队和干部挂钩扶贫点的做法和经验，但从本质上看，由于是戴着“官帽”挂钩，扶贫能否真扶贫，效果怎么样，和官位并没有多大的关系。不少干部抱有下去搞一阵，是不是真正脱贫和其干部位置没多大关系，搞个一年半载，还是照样可以回来做官的想法。

通山县一改过去干部戴“官帽”扶贫的做法，首先免去扶贫干部在原单位的职务，直接改任其为村支部第一书记和副乡长，即摘掉“官帽”抓扶贫，并且县委明文要求，改派干部享受与乡镇班子成员

---

①《习近平在湖北考察》，新华社2018年4月28日。

同等的政治和经济待遇，并对其实行统一签到、统一食宿、统一工作标准、统一实际考评，即“四统一”考评制度，以便让改任的专职扶贫官扑下身子真抓扶贫。

“不脱贫不脱钩，不摘帽不撤岗。”用脱贫摘帽来衡量改任干部的工作实绩，这样做就断了改任干部的后路，也没有了既要抓扶贫，又要兼顾原来单位职务工作的后顾之忧，用倒逼机制，逼迫改任干部心无旁骛，“脱下一层皮”，不脱贫不复官，坚定不移抓好扶贫攻坚工作。就像通山县财政局某局长感受的那样：“以前叫我朱局长，现在都改叫朱乡长、朱书记，感觉到自己真正成了乡里人、村里人。”“称谓改变只是表象，内心让自己与群众融为一体，真正在扶贫攻坚上有所作为才是本质。”

二是时间要素。4 月 24 日至 28 日，习近平总书记考察湖北和长江经济带，对湖北脱贫攻坚工作提出了明确要求。5 月 15 日，中共湖北省第十一届委员会第三次全体会议通过《关于学习贯彻习近平总书记视察湖北重要讲话精神，奋力谱写新时代湖北高质量发展新篇章的决定》。

在这两个重要的时间节点，通山推出 14 名干部改任专职扶贫官的新闻，这表现出了重要的时间意义。

其一是落实习近平总书记考察湖北讲话的具体行动。贯彻总书记的讲话精神，关键在落实。通山通过 14 名干部脱掉官帽，背水一战，专任扶贫官，显示出了真抓实干的决心和勇气。一切要在落实中找答案、想办法。在抓好落实的问题上必须敢于动真格，不留后路。只有这样才能真正把扶贫攻坚工作和任务落到实处。

其二是贯彻省委决定的重要举措。省委决定要靠具体落实和创造新的工作方法来保证。扶贫工作千头万绪，创造落实为要为真，赶在省委决定出台前就动真格，让干部“脱帽”改任专职扶贫官，让干部职位突破带动扶贫攻坚突破，反映出了县委、县政府不等不靠，真抓实干的决心，并且在措施上旗帜鲜明亮出了真抓的态度和强有力的措施保障。这是贯彻落实省委决议的最好行动。

效果要素。通山 14 名干部改任专职扶贫官，虽然时间不长，但已显示出初步的效果，就像县物价局副局长邓昌华改任洪港镇副镇长后所说：“既要让脱困户脱贫，又要防止脱贫的村民返贫，才能保证村出列，县摘帽。”不到一个月时间，这位副镇长就把扶贫村 166 户建档贫困户走访了一遍，并理出了养猪、养牛和药材种植专业合作社的思路。

短期内也许很难显示出更多的效果，但从长远看，这种脱掉“官帽”改任专职扶贫官的做法，一定会激发出干部真心抓扶贫的决心和行动，这个过程也是考察干部的重要过程。扶贫攻坚的工作经历，能使干部对群众的感情、工作能力和实干精神得到检验和升华，这也必将成为提拔使用干部重要的依据。从这个意义上来讲，用脱贫攻坚的成效考核选拔干部，也是干部选拔和培养制度的一项重要创新和实践，我们有理由对此给予期待和赞扬。

“小报道”如何解决“大难题”

2020年9月18号,《咸宁日报》在四版头条位置推出了《共享电动单车如何“瘦身”》的新闻追踪报道。这篇抓问题的新闻，无论从版面还是篇幅看，都是一篇小报道，但其反映的却是城市治理过程中的大难题。

随着互联网，特别是移动互联网和共享经济的崛起，一大批新业态出现在人们的生活之中，这些新业态来势迅猛，背后有庞大的资本支撑，可以进入人们的日常生活，走进千家万户。从积极的意义来说，它能带动一批产业的崛起，如依托互联网的共享单车，就带来了自行车生产厂家日夜赶货的热闹场面，促进了一个传统产业的复兴。而且共享单车具有绿色环保、节约能源、方便出行、便捷等特点，一下子就风靡大中城市的大街小巷。

这个依托互联网发展起来的新兴产业，也得到了风险投资和投行专家的关注和青睐。不少机构不断加入投入，希望在产业发展和资本市场上获得丰厚的回报。正是因为资本的“疯狂”，带来了共享单车行业的爆发式增长，并随之出现了城市治理的难题：大量共享单车企业的涌现导致无序竞争，共享单车投放过剩，不少地方甚至出现了共享单车堆积如山、无人问津的场景。一大批投放企业也因产品过剩和资金链断裂而不得不退出市场，惨遭淘汰，从而造成资本和生产资源的大量浪费。与此同时，过量投放也给城市管理带来了难题，共享单车企业只顾盲目投放，扩大规模，拼命抢占市场，而置城市管理于不顾，造成了投放过剩，无序竞争。再加上有些人乱停乱放、不文明使用等诸多问题。好产业弄出了“窝心事”，影响了城市面貌和现代化治理。

应该说，在城市现代化治理的过程中，类似于共享单车的问题还有不少，值得新闻媒体不断追踪，以促使一个个难题解决。

和移动互联网及网络媒体相比，党报在用“小报道”促进“大难题”解决这类问题上，具有网络媒体不可比拟的优势。网络媒体往往会盯住社会的热点不放，以吸引人们的眼球，但它们更在意流量和点击率，而党报的权威性决定了会承担更多的社会责任。党报多会抓住群众关心的问题，一追到底，问题不解决就不放弃，并运用新闻监督等多种手段，盯住关键主体和监管部门，不断发声，直至问题得到合理解决。如何利用“小报道”解决“大难题”？主要是抓好三个方面的重点。

在群众关心的问题上聚焦。党报作为党委政府联系人民群众的桥梁和纽带，抓问题报道必须敢于聚焦人民群众最为关心的难点，这既是党报应该承担的社会责任，也是人民至上理念的集中体现。如《共享电动单车如何“瘦身”》的报道，就抓住了20 000辆共享电动单车投放城区，既点出其方便了群众出行，缓解了城市交通拥堵，减少了能源消耗等方面的积极作用，也提出其由于管理不到位，企业主体责任不落实等问题，形成了多头竞争、投放过剩、无序停放、管理失控等影响城市治理的难题。报道发布后，引起了相关管理部门和大众的强烈关注。

从现代化城市治理的角度提出对策。电动单车“瘦身”的报道，围绕过量投放带来的管理难题，从市民、投放企业、市城管执法委三个不同的角度进行了深入分析，直指问题的关键在于过量投放，有放无管，只能承载 10 000 辆共享电动单车的城区投放了 20 000 辆，形成超饱和状态，造成了资源浪费和管理难题，同时也由于市民不文明使用，影响了城市治理和文明建设。

强力追踪促进问题解决。9 月 2 日，咸宁市出台了《市中心城区共享（电）单车专项整治行动方案》，按照现代化城市治理的总体要求，围绕控制数量、建章立制、规范停放、文明引导四个方面进行集中整治。下一步，报社要充分发挥党报舆论监督的巨大优势，盯住四个方面的问题，逐一追踪，紧盯不放，对照整治的政策和举措逐条抓好落实。此举既能树立党委、政府有令即行，令行禁止的权威性，也能通过具体的报道和问题的解决，极大地提高党报的公信力，使党报的影响力更加深入人心。

党报问政怎么“问”

2020年10月1日，《咸宁日报》在二版头条的《党报问政》栏目，推出了一篇专题报道:《社区创文工作能否做到位？》

据观察了解，《党报问政》作为栏目来开办，从上到下还是一个新的探索。在这一点上，《咸宁日报》做了一件有意义的开创性工作，值得重视和研究。

通过媒体和舆论进行问政，电视媒体从业者是最早的探索者，已开办了多年，从上到下也争相效仿，让电视屏幕很火了一阵。电视问政让各级领导直面电视暗访所涉及的问题，现场接受主持人、干部群众和评论员的提问，这种形式对于党政主要领导增强党的宗旨意识，不忘初心，树立群众观念大有好处，能够起到“红红脸、出出汗”的作用。但从客观效果分析，一个城市和地区的管理涉及经济发展和社会生活的各个方面。作为主政一方的党政干部，面临着经济发展的压力，社会稳定的压力，廉政建设的压力，不可能有三头六臂，把涉及城市建设、群众生活和国家现代化治理等方方面面的问题都解决好。加上电视问政又受制于现场拍摄、时间安排、问题设定等限制，不可能天天问政，也不可能指望一年问一次就解决所有问题，这致使电视问政形成了一种当场认错，表示整改，事后有的问题解决了，有的不了了之的状态。电视问政逐渐流于形式，其客观效果和可持续性，以及收视率都打了不少折扣。

党报问政和电视问政相比，能更好地解决问题，也更可持续，它是党报密切联系人民群众和发挥舆论监督优势的有效延伸。关键在于“问什么”和“怎么问”。对此，重点要解决三个方面的问题。

问政要敢于在党委、政府和群众共同关心的重大问题上聚焦。当前咸宁面临的最大问题是发展不够，发展不平衡不充分。党报问政就是要着眼于事关全局和发展的重大问题，把营商环境、招商引资、项目建设作为问政的重点，盯住涉及全市社会经济发展的重大问题，一个环节一个环节问政，一个问题一个问题整改。在这方面，既可以以重大项目为中心，问题导问，紧抓不放，用问政推动项目落实；也可以抓住营商环境建设中的典型问题，细节着眼，以小见大，逐层追问，用小环境量变带动大环境质变。通过问政和舆论推动，真正把咸宁打造成为全省投资环境最佳，营商环境最优的城市和投资热土。

问政要瞄准趋势性和规律性，确立证据链意识。要把问政所反映出来的问题落实解决，让人心服口服，证据链意识十分重要。证据链来自报社编辑部对于重大问题的宏观判断和前瞻眼光。要立足于市情，把经济现象、项目进程、环境建设、数据组成等整合为一个完整的证据链整体，分析出趋势性和规律性的东西，抓住正反两个方面的典型，进行论证对比。10 月 1 日这期的党报问政，就通过文明创建红黑榜，把两个社区进行了对比，用事实说话，并运用记者手记的形式进行了评论，从而开辟了党报问政的新天地，也为新闻评论找到了针对问题从实评论的有效途径。

问政要抓铁有痕，踏石留印一追到底。相对于电视问政，党报问政的最大优势就是可以不受时间和地点的限制，抓住一个问题一追到底，问题不解决不放松。

问政的最终目的在于促进问题的整改和落实，如营商环境建设，就要针对招商引资和项目建设过程中出现的“肠梗阻”和“断头路”

等问题，层层剖析，不断追踪，问题出在哪里，就问到哪里；是哪个部门的问题，就问责哪个部门，从而真正使问政成为党委政府转变作风，改善环境，落实工作的“追踪器”和“加速机”，让党报问政和电视问政错位发挥，共同做好舆论监督，协力推进全市的社会经济建设和现代化城市治理。

殡葬改革报道的“两个没想到”

2020年11月28日，《咸宁日报》在一版重要位置，以《“十三五”成就巡礼·县域篇》为栏目，推出了《通城：殡葬改革移风易俗》的报道。初看这篇报道，有两个没想到：一是没想到在一个县域成就巡礼的栏目中，殡葬改革会名列其中；二是没想到殡葬改革的报道会被放在一版醒目的位置重点推出。认真看了报道并深入思考后，才认识到了编辑部的采编匠心，值得在以下几个方面进行肯定和研究。

首先，这篇报道是典型的小题材大文章，宏观性和全局性的意义明显。尽管殡葬改革是通城县域的一项改革，但它事关全国大局，对于土地集约，移风易俗，转变殡葬观念和方式，以及从文化层面倡导和体现现代文明都具有极其重要的宏观意义，对全局具有很强的借鉴意义，值得在报纸的重要栏目和位置进行宣传。正如文中所说的，通城地处湘、鄂、赣三省交界的幕阜山区。此处丧葬风俗氛围浓厚，前些年攀比之风盛行，“活人墓”“豪华墓”，以及乱埋乱葬等现象突出，既造成了土地资源和财力浪费，也为各类项目建设迁坟带来了阻碍。据调查统计，全县一年迁坟费用高达3 000万元。

其次，通城县是2017年7月被国家批准的全国殡葬综合改革试点县，承担着改革先行，以点带面，示范引路的重任，被国家和省市寄予厚望。作为一个全国性改革试点县市，在“十三五”即将收官之时，通城的改革经验在哪些方面具有指导性？改革中的难点如何破解？宏观上还需要在哪些方面获得更大范围的政策支持和工作指导？等等。这些都需要进行一次认真的总结，以对全县、对省市、对国家的干部群众有一个明确的交代，同时也为下一步在全国推广“通城经验”创造条件。

最后，通城作为全国殡葬改革的试点县，取得了明显的成效，走出了一条符合中国国情的殡葬改革之路。正如报道中所描述的，为推进殡葬改革，全县党员干部率先垂范，自查自改，签订“殡改承诺书”，强力推进“活人墓”整治集中攻坚行动。目前，全县已拆除“活人墓”12 083座，整治豪华墓500座。在拆除“活人墓”和“豪华墓”的同时，该县加强基础设施建设，先后投入2 700万元改造升级县级殡仪馆，提升殡葬服务能力；投资1.2亿元建设占地350亩的马鞍山现代化陵园，可满足城区居民50年至70年的丧葬需求。

这篇新闻报道，反映了通城殡葬改革的基本做法和成效，显示了编辑部的重视，但通观整个报道也存在着明显的不足，主要体现在结构布局上的策划及把握不够，缺乏宏观上的指导。这样一篇以改革为主的工作报道，应该围绕政策引领、规划先行、建管结合、落实措施四个方面来展开。报道应逐层推进，层层分析，体现出改革路径和决策步骤，如出台了哪些政策？实施了哪些规划？如何破解改革中的难题？等等。具体如最大的难题是迁坟，政策补偿怎么做；对被迁坟家属的思想工作怎么做等。这些问题的存在，使这篇报道看不到整体改革的全貌和布局，在经验和做法上缺乏归纳，宏观指导性打了折扣。虽然采编人员用了很多笔墨描写迁坟后学校的景象和村级公墓的建设情况，但作为试点县市，示范引路和改革先行的作用没有完整地体现出来，整个报道的理论概括和实践指导意义便受到了影响。这应该在今后的报道中加以注意和改进。

当好改善民生视角下的新闻推手

关注和推动民生改善，是新闻舆论宣传义不容辞的社会责任。2021 年 1 月 18 日，《咸宁日报》在二版头条位置推出了一篇特别关注报道：《为什么咸宁要调整作息时间？》

这是一篇新闻性很强的报道作品。一经推出，便引起了各方的强烈关注。之所以如此，是因为上班时间是各个地方约定俗成的一条规定，从上到下很少有人想到要去改变它，更无人考虑它是否适应现代社会民生的需求。实际上只要是就业和工作，就免不了涉及上班时间和作息安排，但几十年不变的上班和作息安排堆积到一起，往往就形成了诸多影响很大的社会问题。

在此之前，社会上就有很多调整上班和作息时间的呼声，如错峰上班，合理调整作息布局等，这些呼声的目的只有一个，就是从改善民生着眼，优化社会资源配置，提高社会治理能力，促进社会要素最大限度地发挥出应有的活力和动力。

改革开放以来，尤其是党的十八大以来，改善民生成了各级党委政府抓好各项工作的一条主线。一切来自人民，一切为了人民，《咸宁日报》这篇报道则为新闻宣传如何成为改善民生视角下的新闻推手提供了一个样本，主要体现在以下三个方面。

聚焦民生热点。群众关心的民生热点就是新闻关注的焦点。这篇报道集中反映了群众因为早上统一 8 点上班引来的诸多问题：近年来咸宁机动车保有量持续上升，引发实际交通运行总量井喷式增长，城市中心城区主要路段早晚上下班时间拥堵成为常态，修路赶不上机动车的快速增长，出行拥堵成了城区老百姓人人都关心的民生问题。

就整篇报道的推出来看，《咸宁日报》对此关注已久。大人上班，小孩上学上幼儿园，几股交通流合在一起，大大增加了缓解交通拥堵的难度和能力，即便是提前早起出门，都难以保证不被堵在路上，致使上班、上学和作息受到影响。统一的上班时间，更增加了城市交通的压力和承载量。

民众直接反映行车难和交通拥堵的呼声，交通干警更是感同身受，上班、上学高峰集中在一起，导致交通压力增大，拥堵问题严重，不仅导致交通事故频发，交警也疲于奔命，应接不暇。

民生热点问题通过新闻报道的不断聚焦，越来越引起了各级党委、政府部门的重视，催熟了改变上班时间的社会土壤和决策条件。

反映决策作为。咸宁最早的突破口，来自市委办公室两名干部的一份调研报告。这份名为《咸宁市中心城区机动车停车管理问题调研报告》，建议之一就是实行错峰上下班和上下学。该报告一出台就得到了市委、市政府领导的高度重视。本着把民生实事办好办实的宗旨，经过多次研究论证，市政府最终决定把上班时间推迟到早上8点半。

就传播功能而言，新闻在推动民生改善的舆论宣传上，有一个环节特别重要，这就是要充分反映党委、政府的决策过程，把各级党政领导关心民生改善的决策机制，尽可能地全部表现出来，使人民群众在获得感中知晓党委、政府的为民之心和服务之道。在这一点上该报道似有不足，因为就本质而言，这个过程就是党委、政府的决策和社会民众知情权相互接轨的过程，目的只有一个，那就是让信息相互对称。即人民关注的热点问题，党委、政府通过舆论宣传渠道获得，党委、政府改善民生所做的努力和决策过程，群众通过舆论宣传知晓，从而使新闻宣传真正成为连接党委政府和人民群众的桥梁和纽带，进而密切党群干群关系，让党委政府和人民群众构建成城市发展休戚相关的命运共同体。

推动民生改善。决策定了，新闻宣传任务没有完。一方面，它要反映各方面对决策的反响和关注，如早上8点半上班的改变，专家们认为这是经济和社会发展的需要，是生活前进的需要，是大势所趋；职工们觉得看起来晚上班半个小时，晚上能够晚点睡，早上可以晚点起，不仅可以兼顾家务，还有更多的饭后时间购物和休闲，对于扩大内需，适应国家提出的双循环战略都是件好事；房地产商从中看到了新的商机，晚点上班可以改变城乡住宅布局，鼓励人们到远城区购房，改善居住条件；社会学者则提出它体现了以人为本的理念，使城市充满了人性的光辉。

新闻推动除了正面宣传以外，还有一个重要的任务，就是要敢于积极反映决策出台后存在的问题，并提出改进意见，目的是为了更好地倾听群众呼声，真正把好事办好、办实。

客观反映，推动决策，二者相辅相成。这样做的目的就是要通过两个方面的宣传和反馈，真正让新闻舆论起到改善民生的作用，推动以人民为中心理念在咸宁大地上的贯彻落实。

追踪民生事要用好“三聚焦”

2021年3月15日至19日,《咸宁日报》在一版重要位置，用了五篇新闻作品，连续报道了“关注咸宁温泉办事处79号院通气难”的事。

这篇报道的起因，是3月10日市委书记孟祥伟接待群众来访时，咸安温泉办事处79号院居民刘钊等人反映，该院与市国税局家属楼相邻，从此家属楼接驳天然气源，是最便捷的优化方案。但从2020年8月启动，至今未能接通。市委书记孟祥伟明确指出，报装燃气是基本的民生需求，我们要以党史学习教育“我为群众办实事”实践活动为抓手，切实解决好事关群众利益的操心事、烦心事、揪心事，吸取教训，举一反三，查漏补缺，提升社会治理体系和能力的现代化水平。

正是在这种背景下,《咸宁日报》紧紧围绕“纠结居民七个月的难事，为何六天就得到了妥善解决”这一典型事例，紧盯不放，追踪报道，全过程参与，全息化分析，不惜版面用了开头结尾两篇评论，穿插三篇纪实，紧紧围绕“在办实事中厚植为民情怀”这条主线，充分发挥出党报的权威性和影响力优势，浓墨重彩地推出了一组系列报道，受到了各方关注和好评。

党报是党和政府联系人民群众的桥梁和纽带，它的触角可以敏锐接触到社会基层的群众呼声，遍及社会生活的方方面面。媒体还能够通过新闻渠道反映民意，帮民之困，解民之难，最终推动把为群众办实事落到实处。这既是党报宣传的重要内容，也是党和人民赋予媒体的社会责任。一叶关情，民生为大，在这方面重在用好“三聚焦”。

聚焦问题导向。导向是行动的指引和方针，聚焦问题导向，实质上就是要及时发现问题，科学分析问题，着力解决问题。这一点正如市委书记孟祥伟在接受群众来访时指出的那样：在业主代表、社区多次找相关部门和单位协调的情况下，依然迟迟没有得到解决，暴露出来的问题值得我们深思和反省。

固然，这个问题的迅速解决，和市委书记亲自接访，提出十天必须解决的明确要求有很大关系，但在现实生活中，大量涉及群众切身利益的问题，不可能每一件事都传递到领导手中。这就要求党报必须坚持问题导向，并把目标导向和结果导向有机地结合起来，充分发挥报纸联系群众广泛的特点和有利条件，依靠媒体渠道发现问题，分析问题，解决问题，真正体现以人民为中心的办报宗旨，在群众心中树立起党报的威望和形象。这是党媒真正的优势所在，是党报有别于以资本为手段，以盈利为目的商业类媒体和网站的不同追求。

聚焦由点到面。这次解决群众用气难的问题，有一个可喜的现象，就是与天然气相关的部门和单位，并没有孤立地把解决问题的目光聚焦在一个点上，而是立足全局和长远，在整个社会层面拉开了以点带面，促进社会治理体系和能力提高的攻坚战。

正如咸宁市住建局燃气办主任杨文武介绍的那样：目前咸宁累计建成燃气管道 808.3 公里，基本覆盖了主城区，但仍有四万户居民没有用上天然气。今后居民报装天然气，施工前将由燃气公司、燃气办、社区共同做好沟通协调工作；要变被动服务为主动服务，争取“十四五”期间实现主城区燃气管网全覆盖，同时严格执行落实用气优惠政策，拓宽网上报装等多渠道，实现用户报装通气“零跑腿”。

以点带面，点面结合。通过点上工作的突破，带动面上问题的解决，这是事半功倍的科学方法，是完善社会治理体系，提高社会治理能力的有效手段，也是新闻媒体在报道中要重点聚焦和关注的问题。

聚焦群众呼声。问题导向，反映呼声，从群众中来；解决问题，复核结果，到群众中去，这就是我们党所倡导的以人民为中心的思想路线。这组系列报道，在问题得到解决之后，又围绕群众的切身感受，专门写了一篇“天然气通了，老百姓笑了”，直接聚焦用上了天然气的群众。从整个报道来看，这一篇尤为重要，它是经历了问题导向和目标导向后的结果导向，是群众用笑脸表现出来的幸福感和满意度。

不忘初心，方得始终。党报是党践行为人民服务宗旨的新闻载体，是落实“以人民为中心”实践的具体形象，这就要求报纸在聚焦群众呼声的时候，要多从群众的角度思考群众答不答应，满不满意，高不高兴。群众越是觉得难过，就越不放过；群众越是觉得难干，就一定要干出结果。

聚焦群众呼声，要善于和敢于超前介入，尤其是那些群众强烈的反映带有全局性和机制性的问题，不一定要等到领导批示和关注后再来行动。媒体所具有的优势就是可以发现问题，披露问题，追踪问题，解决问题。尤其在当前全党开展党史学习教育，践行以人民为中心的大背景下，各级领导的高度重视来自基层和群众的呼声，愿意主动接受新闻媒体的监督。在这些方面，党报既具有优势，又可以大有作为。通过问题导向，过程追踪，结果评价，真正把情系百姓，关注民生的理念落到实处。

会议 HUI YI
XIN WEN PIAN 新闻篇

重点报道出彩要靠三个“取胜”

2021年2月19日和3月11日，《咸宁日报》在头版头条和头版重要位置分别刊登了市委书记孟祥伟第五次徒步巡查淦河的新闻特写：“不断提升母亲河颜值，充分发挥全流域价值”，以及孟书记现场接待群众来访的新闻侧记。从头版的栏目设计和新闻属性看，这两篇报道，都是比较典型的重点报道。

作为地方党报，经常会有必须刊登的重点报道，如市委、市政府的重要会议和重要讲话，市委、市政府主办的社会经济发展重大活动，市委、市政府领导同志实地查访市情民情的特写和侧记等。这类重点报道是例行的新闻稿件，一般都会在头版头条或头版重要位置刊发，这是由党报的属性决定的。问题是如何写好这类文章，使报纸更具生动性和可读性，增强党报的感染力和影响力。重点报道出彩关键要依靠三个“取胜”。

理念取胜。我们常说新闻要“新”，这个“新”不仅仅是传统新闻中强调的“5W”要素，即时间、地点、人物、事件、原因。处在改革开放的重要时期，新的思想、观念、理念、理论等都构成了新闻出新的核心要素。尤其是市委、市政府的重要会议和领导同志的讲话及活动，用概括的方式把新的思想和理念抽象出来，提炼后突出展示，都是重点报道出彩的有效方式。当然，这样的概括和提炼要求编辑部必须结合中央精神和咸宁发展实际，概括咸宁在实践中抽象出来的新发展理念，总结基层经过探索的发展成果和经验。这些都是对编辑部集体智慧和认识水平的考验。

2 月 19 日的新闻特写，孟祥伟书记就提出了要加大河岸保护力度，保证河道的自然属性和完整性；要加大对古树名木、古民居及具有时代特色建筑的保护，理清城市文化发展脉络，讲好城市发展故事，不断厚积城市文化底蕴；要强化系统思维和全流域意识，统筹整合淦河上下游、左右岸的生态、生产、文化等各类资源，加强保护利用和城市发展的总体规划设计，一张蓝图干到底，既不断提升母亲河的颜值，又充分体现全流域的价值。

孟祥伟书记的这些理念，很好地贯彻了习近平总书记的生态文明思想，使这则报道具有很大的信息含量和理论创新意义，深度体现了新闻特写的理性色彩和观念创新，从宏观上为咸宁全域加快生态文明建设进行了规划和解读，为整个新闻增加了光彩。

故事取胜。习近平总书记强调要讲好中国故事，这是使新闻引人入胜的一种重要方法和原则。新闻因故事而生动和出彩。

在 3 月 11 日的侧记中，就有一个接待群众来访的故事，说的是永安办事处社区居民李婆婆反映，因女儿家庭变故，自己年老多病，已无力抚养当年收养的有智力残疾和精神疾病的弃婴，希望政府予以接管。孟祥伟书记当即责成民政和残联等部门查清事实，依照法律和政策妥善解决。孟书记特别叮嘱说，既要考虑李婆婆的现实诉求，也要尊重当年弃婴的合法权益和真实意愿，既要解决眼前的困难，更要对孩子的身体康复和未来成长负责。

“请老人家放心，党委、政府绝不会放弃任何一个弱势群体和困难群众。”孟书记的郑重承诺，呼应了标题《点滴民生事，件件映初心》，生动地反映了党为人民服务的宗旨，使整篇侧记充满了党的温暖和党对人民群众的大爱。

细节取胜。文学作品特别注重人物的细节刻画，一个好的细节有时胜过大段的文字描写。借鉴文学的创作手法，抓好细节，是重点报道出彩不可忽视的重要方面。在两篇新闻特写和侧记中，细节描写似乎抓得不够。虽然在徒步巡查滏河的过程中，有孟书记边走边捡散落塑料袋和包装盒等垃圾的细节，但显然不够生动，没有镜头感，缺乏动作描写和表情刻画，缺乏细节使整篇新闻少了一些特色和光彩。这些都值得编辑部和采编人员在今后采写准备、现场采访和编辑过程中引起重视。

文短意深容量大

——从419字消息获中国新闻奖一等奖看报纸如何改文风

2020年11月7日，第30届中国新闻奖在京揭晓。在所有获奖的作品中，人民网官方微信公众号2019年3月24日推出的419字消息荣获中国新闻奖一等奖，尤为引人注目。我们不妨先将全文摘选如下，以便学习和研究。

习近平：我将无我　不负人民①

“最后，我有一个很好奇的问题，不知能不能问一下。”

22日下午，意大利众议院，习近平主席同众议长菲科举行会见。临近结束时，“70后”的菲科突然抛出了这句话。

全场的目光注视着他。

“您当选中国国家主席的时候，是一种什么样的心情？”听到众人的笑声，菲科补充道：“因为我本人当选众议长已经很激动了，而中国这么大，您作为世界上如此重要国家的一位领袖，您是怎么想的？”

习近平主席的目光沉静而充满力量，他说，这么大一个国家，责

---

①《习近平：我将无我，不负人民》，《人民日报》2019年3月24日。

任非常重，工作非常艰巨。我将无我，不负人民。我愿意做到一个“无我”的状态，为中国的发展奉献自己。

稍作停顿，他继续讲道，一个举重运动员，最开始只能举起 50 公斤的杠铃，经过训练，最后可以举起 250 公斤。我相信可以通过我的努力、通过全中国 13 亿多人民勠力同心来担起这副重担，把国家建设好。我有这份自信，中国人民有这份自信。

“欢迎你到中国去！看看一个古老而现代的中国，看一看勤劳智慧的中国人民。”

收到习近平主席的邀请，菲科朗声答道：“我一定会去的！”

这篇消息小切口，大格局，高立意，深韵味。虽短短 419 字，但读后令人印象深刻，回味无穷。无怪乎有人评价，这篇新闻作品荣获大奖，是改文风、短新闻和时政新闻的胜利。

通过阅评近期的《咸宁日报》，发现编辑部注意了重大新闻的整体策划，组合报道、系列报道不断推出，有气势、有深度、有分析，但在报纸的文风改进上仍明显存在着文章冗长，经常出现转版，语气词多而信息含量不足，文字不够精练，给人思考和回味空间较小等问题。

回头来看这篇获奖新闻，充分体现了报纸适应新闻竞争的发展趋势和方向。首先是文字少、容量大。虽然只有 419 字，但信息容量非常大，给人很大的遐想空间。其次是篇幅小、立意深。短短篇幅，一问一答之间，习近平主席大国领袖深沉的人民情怀跃然纸上，感人肺腑。最后是节奏快、跨越大。善用提问记录事实，采用了直接引语和间接引语相互补充的方法，行文简洁流畅，读起来一气呵成，意犹未尽，既有多读几遍方解渴的需求，也有读后反复回想的韵味，令人拍案称赞。

报纸是办给人看的，文风是报纸影响力和竞争力的重要表现形式，尤其是在互联网融媒体时代，遵循“三贴近”的原则，围绕贴近实际，贴近生活，贴近群众改进文风，是办好报纸必须牢牢把握的一条主线。

就读者而言，阅读环境与过去相比已发生了很大变化。手机成为人们获取新闻资讯的主要渠道，对报纸产生了比较大的冲击。要适应这种竞争，报纸的文风改进就显得更为迫切和重要。

我们要通过这篇获奖新闻得到启示和思考，在坚持新闻策划，做好深度报道和系列报道的同时，更要适应阅读环境变化和获取资讯来源竞争，牢牢把握“文短、意深、容量大”这个新闻竞争的基本要求，对文章字数、信息容量、表达方式等进行研究和探索，充分发挥报纸的优势，坚持改进文风，不断推出新闻精品，让《咸宁日报》在全市社会经济发展中起到更为重要的舆论引导和推动作用。

从一篇报道看会议新闻如何“新深活”

会议报道多，既是党报的特色，也是党报的特定属性。《咸宁日报》2022 年 6 月的 30 个头版头条中，中央、省、市相关会议和领导同志活动的报道就达 16 篇。特别是岁末年初，从上到下的经济工作会，三农工作会，人大、政协会议，会议报道占去报纸头版头条的较多版面和篇幅，这是因为中央战略、省委部署、市委决策，很多精神和内容要依靠会议报道来传达、贯彻、推动和落实，因此，做好会议报道是各级党报必须高度重视的一项重要工作。

2021 年 12 月 12 日，《人民日报》在头版偏头条位置刊发专版《微镜头·习近平总书记在中央经济工作会议上》之《“那么粮食怎么办？”》和《“特别是要悟透以人民为中心的发展思想”》两篇会议新闻，一经推出就引起了广泛的关注。通过在互联网和微信平台上把标题改得更易于传播后，文章又被广为转发，形成了党报会议新闻通过微信和互联网二次传播的热潮。

这两篇会议新闻之所以能在网络上广泛传播，就是它体现了党报在适应移动互联网新闻条件下，创新会议报道的积极探索。

在《“那么粮食怎么办？”》这篇会议新闻上，记者以“食为政首，谷为民命”开头，文中运用了很多习近平总书记的原话：“越是有粮食吃，越要想到没粮食的时候。我反复地讲，中国人的饭碗任何时候都要牢牢端在自己手中，决不能在吃饭这一基本生存问题上让别人卡住我们的脖子。”① 粮食安全的话题就属于初级产品供给保障问题。习近平总书记说：“对我们这样一个大国来说，保障好初级产品供给是一个重大的战略性问题。”“大豆、铁矿石、原油、天然气、铜铝矿……件件桩桩，连着国运。”② 总书记强调：“我们要利用‘两个市场’，但必须有一个安全线，超过了以后就要亮红灯。要明确重要能源资源国内生产自给的战略底线。要加强国家战略物资储备制度建设，在关键时刻发挥保底线的调节作用。”③

整篇会议新闻有观点、有论述、有概括，体现了习近平总书记由鲜明的问题导向而引发的一系列全局性、战略性、前瞻性的宏观思考。全文耐读耐看，引人入胜。难怪引起广泛转发，形成了蔚为壮观的阅读热潮。

新闻是写给读者看的，会议新闻如何可读可视，入脑入心，这两篇会议新闻的积极探索，给了我们许多有益的启示，概括起来就是会议新闻如何做到“新深活”。

“新”即新鲜。会议报道也是新闻，也要体现出新闻的特点和规律。尽管会议报道有它特定的属性，我们还是要在“新”上下功夫，其中尤为值得编辑部考虑的有三点“新”，即题目新、内容新、观点新。“题目新”，尤其是大标题要高度概括，提炼新意，让人看一眼就能记住；“内容新”是要有对形势的分析和概括，特别是对经济工作的拐点、社会发展的热点、群众生活的难点问题，要形成编辑部的思想和认识，分析概括出发展趋势和解决路径；“观点新”则要通观全局，善于发现和挖掘全市在各项发展中涌现出来的新典型、新人物和新经验，以小见大，通过经验总结和揭示，为会议报道增添引领力量。

---

①②③《“那么粮食怎么办？”》，《人民日报》2021 年 12 月 12 日。

“深”即深度。会议报道是最容易产生深度的报道形式，很多编辑记者不太注重在会议报道中挖掘新闻。其实会议报道的最大特点就是信息量大，高度浓缩，见仁见智，集思广益。同样一个问题，采写记者通过精心策划，确定了主题之后，可以在非常短的时间内挖掘各种不同的信息和观点。如果不是开会时的信息和人员集中，同样一个专题，记者可能要花费会议的好几倍时间和精力进行采访，才能形成精彩内容和深度，人员、信息、观点集中是会议报道容易形成深度的一个很大优势。

“深度”，贵在体现编辑部的积极思考。要会议报道的内容不走样，则可以灵活运用特写、侧记及评论的方式，加大对会议报道内容深度的探索。

“活”即活泼。《“那么粮食怎么办？”》这篇会议新闻之所以受到移动互联网和网络新闻的追捧，并产生了广泛积极的影响和大规模的阅读流量，一个重要的原因就是记者提前谋划和准备，现场认真观察和思考，在写法上求新求活。整篇会议新闻，运用了“食为政首，谷为民命”“备豫不虞，为国常道”“草摇叶响知鹿过，松风一起知虎来”“当杜其萌”“当绝其根”等古语和哲言。当前，我们要学习、研究和改变写作方法，认真借鉴互联网新闻的语言、标题和表现手段，其目的只有一个，就是让会议新闻以“新深活”的方式贴近读者，走进人心，真正发挥党报在舆论引导方面的重要作用，服务大局增长经济，推动社会全面发展和进步。

新闻 XIN WEN
TU PIAN PIAN 图片篇

“空中看城市”图片新闻得失刍议

互联网时代，图片在整个新闻展示中具有其他新闻产品无可替代的重要地位和作用。尤其是在移动互联网被广泛应用，微博微信增加了视频和图片的功能后，新闻阅读进入了“读图时代”，“读报乐看图”成为引领新闻发展的“重头戏”。

从 2018 年 4 月 5 日起，《咸宁日报》在一版突出位置推出了《空中看咸宁——咸宁新表情》系列图片新闻专栏。从已经推出的五期新闻图片看，整个拍摄恢宏大气，令人称赞。尤其是《绿色家园满目苍翠》《路网纵横大地乐章》《春到鄂南鲜花如海》三幅作品，把新闻图片的特色和优势发挥得淋漓尽致，让人对“绿色咸宁”刮目相看。总结来说，这些作品具有三点鲜明的特色。

运用了新技术和新表达。无人机新技术，使得过去难以实现的空中拍摄有了随时可以为我所用的新闻传播手段。在没有无人机的年代，新闻航拍必须调度直升机，人力、物力、财力消耗极大不说，还有航线、航路申请等难题。无人机的出现，使空中航拍成为新闻图片拍摄的普通手段，一般单位和个人都能自如采用。学习新技术，适应新需求，反映出报社编辑部跟上了时代节拍，树立了通过新技术丰富新闻表现的意识和观念。时代在前进，知识爆炸，新技术层出不穷，而新闻的本质就是求新。对于报社来说，必须敢于学习和应用新技术，大胆付诸实践，走前人没有走过的路，以此来推动整个新闻改革，不断扩大党报的影响力和覆盖面。

探索了新的新闻表现方式。新技术既带来了新的新闻工作手段，也丰富了新闻展示方式，使过去许多不能完成的新闻表现，有了实现可能。纵观整个报纸的发展历程，就是应用新技术逐步丰富和完善新闻表达与视角呈现的过程。面对互联网崛起的新闻大变局，必须勇于尝试和突破，以新技术应用为载体，不断推出新的新闻品种，以适应快速变化的时代和读者需求，努力站在新闻改革发展的最前沿，引领思维方式、工作方式和生活方式的历史性变革。

丰富了版面和办报思路。“图活版面”是广大新闻工作者在长期办报实践中形成的规律和共识。打开 4 月的《咸宁日报》，因为有了《空中看咸宁——咸宁新表情》一组图片专栏，美丽清新的版面扑面而来，一幅幅图片带活了整个版面。加之彩版特别有利于彩色图片的发挥，使得整个版面如同一场视觉盛宴，倍添美感，让人喜闻乐见。相对于过去整个新闻版面没有一张图片，这种变革使党报更加适应时代发展，接地气、聚人气，极大提升了报纸的新闻影响力和竞争力。

瑕瑜互见，在充分肯定《咸宁日报》应用新技术，探索新闻改革的同时，也应该看到这个新闻图片专栏的明显不足，存在着一些值得研究和改进之处。可能是使用无人机拍摄如何驾驭和熟练掌握还有一个过程，无人机空中拍摄常见的场面大、无特色的问题明显存在，这既有如何更好地运用和驾驭无人机，以及新技术的使用问题，也有新闻策划和拍摄者不知道如何在深入报道上和图片选择上更加精妙的问题。

新闻的最大特点是求新求异，嚼别人嚼过的馍没有味道。如果每个地市报都能够拍摄的东西，你也拿来一般性应用，这就失去了探索的价值。在同等条件下，都是利用无人机的新技术，如何做到高人一筹、与众不同，尤其值得报社领导和新闻拍摄人员深思。另外，有两张图片画面明显不够清晰，感觉是在雾霾天拍摄的。选这样的图片，不但让人产生不了美感，还容易给人造成咸宁环境和气候不优的错觉。

说到这里，我们应该强调一个优中选优的原则，宁缺毋滥。如果没有好的图片，宁愿不用或者再拍，也绝不降低标准，用一般的凑数。力求做到每张精彩，优品迭出。还有一点就是图片缺乏对比，如果有过去留存的老照片，对部分照片采用一大一小、新旧排列的展示方式，就能让人通过图片对比看到这几年咸宁的发展和变化，从而增强干部群众热爱咸宁和加快发展的自信心、紧迫感。这样，一组新闻专栏图片就可以凝聚起干部群众建设家乡、发展咸宁的强大气场，真正让新闻和媒体成为建设和发展咸宁的“推进机”和“加速器”。

图文搭配相得益彰

讲究图文搭配，构成了近期《咸宁日报》一版报纸版面的鲜明特色。2018 年 4 月 13 日至 4 月 27 日，共有十期报纸在一版形成了图文搭配的良好格局。这种格局的形成，反映了报社编辑部和采编人员的匠心，体现了适应新闻改革的三个特点。

图文妙。有图有文，报纸好看。能够运用图片说话的，就不过多地用文字表达，这是新闻改革的一个趋势。一张图片胜过千言万语。在互联网和新闻碎片化的冲击下，越来越多的受众把移动互联网作为获取新闻资讯的主渠道，用于读书和读报的时间大幅减少。在这种背景下，图片的应用就成了网络不可替代的重要利器。4 月 13 日的《斧头湖，一湖清水泽千秋》图文巧搭，美不胜收。看了图片就会在内心展开咸宁市绿色环保和生态建设的美丽画卷，再去阅读文字，进而加深了对咸宁市委、市政府重视水资源建设，坚持科学治水、依法治水、创新机制，为改善环境质量不懈努力的良好印象。如果没有这幅图片，整个版面和文章就会逊色不少，甚至很难调动起读者的阅读兴趣。4 月 18 日的《零点查夜》，见物见人，反映了环保执法突击检查企业夜间污染防治设施运行，以及污染排放的情况。两张图片，简短文字，无声胜有声，传递出了更多的信息，给了读者更多的联想空间。

视觉美。图片活版面，是报纸赢得读者关注的基本规律。看报先看图，如果拿起报纸，黑黑的一片，版面呆板，缺乏灵性和美感，就很难适应读者的阅读口味。尤其是在整个新闻资讯获取进入了读图时代后，美图的运用已经超越了传统报纸的版面安排，进入到以图取胜，以图吸睛的时期。4 月 19 日的《省级环保督察整改进行时——整治三湖连江》，虽然图片拍得一般，特点不够鲜明，但是它是省级环保督察进入咸宁后最快的新闻反应，还是形成了较强视觉冲击效果。用文字很难说得清楚的时候，用一张图片就达到了以快取胜的新闻效果，也反映了咸宁市对待环保督察的鲜明态度。这有利于让环保督导组看到全市上下的重视和行动，是最好的新闻反馈和行动落实。

内容实。十期图文搭配的头版新闻，都是近期咸宁市社会经济发展的重大事件，有产业、民生、环保、生态、基建，内容扎实，色彩缤纷，形成了良好的舆论宣传主基调。一版是一张报纸的眼睛，我们说办好一版，必须有“三个一”：一个好头条、一篇好评论、一张好照片。“三个一”是构成报纸一版的核心要素。一桌丰盛的宴席，有了三个主菜，再加上其他的搭配，就能形成一桌丰富精美的精神大餐。在这方面，《咸宁日报》进行了积极而有益的探索。

当然，美中不足之处是一些照片的质量不高，让人眼前一亮的好照片还是太少。有的照片不精细，视觉冲击效果欠佳。尽管如此，我们还是要为《咸宁日报》的大胆尝试和新闻改革的勇气点赞：不忘初心，大胆突破，希望在前。

报有图片视角新

2020年以来,《咸宁日报》版面上的一个显著变化，就是加强了新闻图片的编排。尤其是头版，无论版面多么紧张，都要拿出比较大的篇幅编排一幅图片，使整个版面洋溢出活跃的气氛。

头版是一张报纸的门面和窗口，是编辑部编辑思想的集中体现。我们常说，好的头版必须具备“三个一”，即一个好头条、一篇好评论、一张好照片。有了“三个一”，头版就拿得出、立得住，从内容到版面适应新闻竞争性和影响力的需要，赢得广大读者。

加强新闻图片的编排，反映了《咸宁日报》编辑部加大新闻改革和创新的思路和探索，就以2020年9月1日至9月11日的头版为例，体现出了三个显著的特点。

适应读图时代。互联网的广泛传播和应用，既改变了人们的阅读习惯，也改变了人们获取新闻的渠道和接受方式。一个小小的手机，既有碎片化的即时新闻，也有充满现场感的图片和视频图像，还有大篇幅的深度报道，真正做到了“一机在手，天下新闻全有”。尤其是图片和视频，占据了移动互联网的大量空间，使人目不暇接。

报纸如何适应这种挑战？除了独家报道、深度报道和评论以外，一个重要的改进就是要加大新闻图片的编排，适应读图时代的变化。

移动互联网所积聚的海量新闻，使人们在阅读习惯上更愿意阅读图片新闻，即通过新闻图片获取信息。

8月中旬，笔者曾到武昌首义学院嘉鱼校区环保健康产业园参访，了解到作为我省挂牌的首批劳动教育综合实践基地之一，嘉鱼县南嘉中学会经常安排学生前来用传统石臼打绒作为劳动实践。9月1日《咸宁日报》在一版就刊发了图片新闻《车间里的劳动课》，专题报道了这件事。从视觉上来讲，同是社会实践，这幅现场图片一目了然，比文字表现更直接，更具有新闻接受性。

增强版面美感。人们阅读报纸的兴趣与版面呈现的美感有直接联系。一张报纸的头版，如果没有图片装点其间，一上来全是文字，黑压压的一片，很容易令人阅读兴趣全无。除非是读者认为特别重要的报道，从阅读习惯上来讲，可能看看标题就一带而过。但有了图片，可以使版面活泼、色彩缤纷，尤其是彩版带来的视觉印象，很容易使版面产生美感而增强读者的阅读兴趣。

版面因图片而美，阅读因图片而兴。9月3日的头版图片新闻：《神州第一组：官桥八组——稳稳的幸福》。一幅全景配三幅近景人物照片镶嵌在报纸中央，给人以版面和视觉美感，配之题头专栏《走向我们的小康生活》，全景和特写互补，自然风光和人物笑颜搭配，一张图片胜过千言万语，版面美感跃然纸上，给人以阅读的遐想空间。

改善新闻竞争。读图时代多用图，能用图片展示的尽量不用文字，多用图片增强报纸的吸引力。这样做的目的就是为了改善新闻竞争，提高党报的影响力。应该看到，虽然有移动互联网带来的冲击，但党报的权威性和影响力是其他新闻传播渠道不可替代的，我们所要做的就是不断运用新的技术手段，适应广大读者的新闻需求变化，使党报的竞争性和影响力在迎接新闻挑战中不断走强。

9月7日，一版倒头条，《白鹭齐飞，绿水环绕》的新闻图片，勾勒出一幅人与自然高度融合的美丽画卷，此图无声胜有声；9月10

日无人机拍摄的新闻图片《香城美景入画来》，在更大的空间视角上展示出生态咸宁、文明咸宁、文化咸宁的城市形象和品位。新技术的不断发展，为运用图片改善新闻竞争提供了可能：手机的普及使人人都成为摄影师，这是报纸最为庞大的新闻图片来源和提供群体；无人机的广泛使用，使大场景、纵深感、立体化的图片拍摄变成随时可用的普通方法。只要是敢于在新闻竞争中突破，在新闻挑战中发展，真正把全党办报、群众办报落到实处，党报就一定可以在实践中走出一条赢得读者的新路子。

新闻评论篇

XIN WEN PING LUN PIAN

补足短板强化评论

翻看 2017 年 9 月 19 日至 9 月 26 日一周的《咸宁日报》，会发现整个报纸有个明显的短板，就是评论的缺乏。

评论是报社高扬舆论引导的旗帜，是代表市委、市政府发声的重要管道。在当前面临着移动互联的冲击，新闻阅读呈现碎片化的大背景下，评论既是传播市委、市政府声音的重要载体，也是深化报道，体现深度的有效方式。

评论是报社的眼睛，是出神出彩的点睛之处。纵观全国党报和有影响力的纸质媒体，评论是报纸媒体吸引读者眼球的核心竞争力。《人民日报》《经济日报》《光明日报》的时评专版，是当下体现报纸竞争力的重要平台。尤其是《环球时报》独树一帜的评论，已然成为其当下最具特色的竞争力标志和风格旗帜。很多党报党刊的领导和编辑、记者，形成了别的可以不看，但《环球时报》的评论文章必看的习惯。

评论走火走红，既源于移动互联网带来的碎片化阅读方式对读者的改变，也源于评论这种新闻样式的自身特点——短小精悍、长短适中、灵活多变；既来源于新闻事实，也不受限于新闻事实；可以深度表达、客观分析、画龙点睛、不拘一格。

从纸媒的规律而言，很多新闻内容和表达可以同质化，但评论却很难同质化。评论一出手就能直接反映出报社领导和编辑、记者的新闻水平。所以有人说，评论一出现，立马就可以看出报社领导的驾驭能力和报纸的新闻品质，这也是评论在当前倍受重视的原因。

如何加强评论建设，有三条建议可供参考。

强化报社领导和编辑、记者的评论思维。评论水平的高低取决于报社领导的评论思维水平高低。如何做到胸有全局，把握大政？要善于运用评论武器，在重大决策方针和事关全局的重要工作上，通过评论来为市委、市政府发声，起到统一认识、深化决策、传递表达、客观分析的舆论导向作用，使评论真正成为贯彻决策和推动工作的有力武器。

在版面安排上让评论拥有一席之地。在当前开设评论版容量不够的情况下，可以在一版开设一块评论专栏，努力做到一版“三个一”：一个好头条、一篇好评论、一张好照片。在评论的形式上可以灵活多样，如对好的头版头条，可以发编者按，也可以配发编辑短评，画龙点睛地点出报道背后的深意和观点。还可以开设星期评论专栏，一周一评，针对一些事关全局的重大问题发声。星期评论，既可以从咸宁实际出发，有针对性地从实评论；也可以立足宏观，把握趋势，在未来发展上点出意义，用新闻评论来深化和引导宏观决策。

加强评论队伍建设。在不增加编制和人员的情况下，由总编辑牵头在总编室内成立专门的评论小组，把评论列入编辑、记者考评内容，制定奖励政策，重奖好的评论。明确要求编辑、记者人人动手写评论，尤其是重点报道，号召编辑、记者自己撰写评论。围绕文章内容，可以是短评，也可以是专项评论。条件成熟时，还可以由领导牵头，紧紧扣住市委、市政府重大决策，浓墨重彩推出系列评论，从而在报社从上到下形成领导重视，编辑、记者争相动笔的评论氛围。

《香城时评》的精彩与不足

《香城时评》是2018年《咸宁日报》在一版着力打造的一个评论精品栏目。这个栏目的策划与推出，弥补了《咸宁日报》评论不足的短板，在服务市委、市政府重大决策方面发挥出越来越重要的舆论导向作用和媒体影响力。

读了2018年3月以来的《香城时评》，看得出来《咸宁日报》编辑部从上到下对打造这个精品栏目是下了一番功夫的，尤其是《为什么要深化“三抓一优”》《咸宁，建一座有灵魂的城市》等，写得十分精彩，体现出“点睛器”“挖掘机”和“轻骑兵”的特点和作用。

“点睛器”——精准。评论的灵魂在于精准，也就是我们通常所说的画龙点睛，贵在点睛之笔。这两篇评论都紧紧抓住了咸宁社会经济发展的重大主题。一个是市委书记提出的深化“三抓一优”，这是当时解决咸宁经济社会发展不充分不平衡的一个重大战略，非常符合咸宁发展不够的实际。这篇时评从什么是“三抓一优”，为什么要深化“三抓一优”，如何推进“三化一优”三个层面，较好地诠释了深化“三抓一优”是咸宁加快发展的不二选择，旗帜鲜明地吹响了全市深化“三抓一优”的进军号角，为凝聚共识，形成合力，团结人心，深化决策发挥出舆论引导的积极作用。

“挖掘机”——深刻。如何在有限的篇幅里挖掘出深刻的内涵，是当下评论界面临的普遍难题。《香城时评》对此进行了可贵的探索。

《咸宁，建一座有灵魂的城市》写得有深度、有文气。这篇时评围绕“有灵魂的城市”这一主题，通过“挖掘城市文化历史”“厚植城市文化基因”“擦亮城市文化品牌”三个方面，层层递进，不断挖掘，以丰富的文字表达体现出建一座有灵魂城市的深刻意义，用有限的篇幅反映出深刻的文化内涵，体现出巨大的文化含量和信息资讯，从而为如何落实市委、市政府这一重大决策唱响了主题重大深入、文化层次丰富的评论旋律。

“轻骑兵”——短小。这两篇优秀时评，文字都不到千字，几分钟就能读完，但内涵丰富，表达鲜明，信息量大，是贯彻落实市委、市政府决策很好的新闻舆论引导方式。虽然文字短、篇幅小，但只要认真读了，就能加深对市委、市政府两项重大决策的认识，并转化成工作主动和实际部署，其实际效果并不亚于开一次全市大会或长篇大论一番。由此看来，转变工作作风，改进文风，通过传媒推出一些短小精悍的评论也是一种具有积极意义的探索。尤其是在移动互联网高度发达的今天，以“轻骑兵”方式出现的短小时评，往往能够发挥出服务决策的重大作用，这也是顺应时代潮流的积极变革。

当然，通观时评的全部文章，其中也有不足，有的缺乏深度，有的还可以写得更加时尚、活泼、引人入胜。尽管如此，《咸宁日报》的《香城时评》已经迈出了积极而有意义的一步，我们有理由为之鼓掌和点赞。

新闻评论“高人一筹”的秘诀

近年来，《咸宁日报》高度重视新闻评论在整个报纸版面安排和内容设计中的重要作用。善用评论，可以深化决策，指导工作，加强宣传，引导舆论。不断涌现的优秀新闻评论，已成为报纸特色鲜明的重要版块。

新闻评论是报纸的“眼睛”和“灵魂”。衡量一家报纸的办报水平，评论是一项重要的内容和标志。评论是代表编辑部发声的，具有明显的舆论指向，体现了编辑部对大势和格局的把握、具备的独到的战略眼光、驾驭理论的能力和水平、对事物发展规律和内涵的辩证认识等。尤其是在互联网时代，移动互联网不断挤占阅读空间，手机越来越多地成为人们获取新闻资讯的重要渠道。评论所显示出来的独家、深度等特点及舆论引导能力，都是移动互联网和碎片式新闻难以替代的，在一定意义上体现了各级党报的权威性。新闻评论要扩大党报的影响力，不断吸引读者的眼球，就必须做到高人一筹，这主要体现在以下三个方面。

高在宏观视野。宏观视野决定了新闻评论的深度，因为任何事物的发生和发展，都离不开宏观背景。立足于宏观背景下的视野才具有全局性和指导性。如何把握宏观背景？关键是要立足全国发展大趋势，吃透中央和省委重大决策精神，把咸宁的发展放在全国大格局中来审视。譬如评论“三农”问题，就要认真研究全国“三农”工作的重点已从脱贫攻坚转移至全面推进乡村振兴，以此为纲，纲举目张。

宏观背景和重要决策对新闻评论而言具有很大的含金量。咸宁作为一座沿江城市，如果研究长江经济带建设，就要从习近平总书记提出的“五个新”上着眼，即谱写生态优先绿色发展新篇章、打造区域协调发展新样板、构筑高水平对外开放新高地、塑造创新驱动发展新优势、绘就山水人城和谐相融新画卷，并把“五个新”和畅通国内国际双循环有机地结合起来，以此作为新闻评论立论的重要基础和前提。

高在胸怀全局。评论重在立足全局，高屋建瓴，体现前瞻性。2021 年 1 月 21 日的新闻评论《让更多人“看涨”咸宁》就十分引人注目。这篇评论以咸宁“十四五”加快发展为背景，提出了一个如何“看涨”咸宁的问题：“看涨”是城市的增值空间，“看涨”就会产生磁场效应，人气高涨，就会吸纳更多高端的生产要素聚集，就会快速成为财富的聚宝盆和经济发展的新高地。这篇评论从如何“看涨”咸宁入手进行分析，令人耳目一新。

新闻评论重在引导舆论，加快发展，体现指导性。2020 年 10 月 30 日，《咸宁日报》推出了一篇《项目为王》的新闻评论，从意义层面提出：在国民经济中，项目建设处于王者地位，是推动经济增长的基础和“硬核”，是经济发展最强引擎和“牛鼻子”；从发展层面分析：任何地方无论是投资拉动、做大经济总量，还是调结构补短板、提升发展质量；无论是培育新动能、推动绿色崛起，还是繁荣社会事业、保障和改善民生，归根结底都要靠一个个项目来推动。项目兴则产业兴、经济兴、城市兴。

高在问题导向。评论之要在于解决问题，推动工作。2020 年，有一组新闻评论给读者留下了深刻的印象，这就是《香城时评》专栏以“深、实、严、细、久”五个关键字，连续刊登的五篇精短时评。时评紧紧围绕咸宁文明城市创建工作，以问题为导向，不回避矛盾，直面“创文”工作中出现的各种障碍和困难，逐条剖析，抓住现象，深挖原因，找到解决问题的办法和路径，把“创文”工作和解决问题有机地结合起来，充分发挥出了新闻评论在舆论引导和推动工作中的重要作用。新闻报道和新闻评论相得益彰，从不同层面推动了全市“创文”工作的开展，把舆论引导的功能通过评论发挥得淋漓尽致，获得了各方的关注和好评。

党报作为市委、市政府连接社会的桥梁和纽带，一头连着中央和省委精神，一头连着咸宁市实际。登高望远，立足全局，以问题为导向，围绕提高舆论引导能力和水平，在“结合”上做足文章，新闻评论大有可为。

善抓“三点”促“创文”

《咸宁日报》2020年11月10日以头版头条《创建成效怎么样？》和《深入为要》的评论员文章为开端，连续刊登在头版重要位置并配发评论文章，推出了《创文意义在哪里？》《创文工作怎么抓？》《创文谁来当主角？》《创文如何再发力？》一组五篇推进文明城市创建工作的系列评论。

这是2020年以来《咸宁日报》以系列形式推出的最大一组新闻评论，旗帜鲜明地反映了咸宁市委、市政府推动文明城市创建的强大决心和坚定意志，是运用新闻评论推动创建工作的有益尝试。五篇评论布局合理、结构科学、点面呼应、逻辑严密，有创建进展，有工作总结，有数据分析，有问题不足，有努力重点。其有画龙点睛、气势磅礴、冲击力强、分析到位、影响深远等特点，对进一步做好创建文明城市工作起到重要的舆论推动作用。

文明城市创建是个庞大而复杂的系统工程，涉及城市建设和市民生活的方方面面。作为一项长期而艰巨的工作任务，抓好“创文”宣传，除了运用已有的各种报道形式之外，还要立足于宏观和全局，注意突出三个重点。

抓亮点。亮点既是“创文”工作的着力点，也是展示成绩的信心点。从《咸宁日报》的系列评论来看，最大的亮点就是咸宁市委、市政府的认识、决心、部署和落实。认识是文明城市创建工作的先导，所有“创文”工作的成效，关键取决于市委、市政府的认识和决心。抓亮点就是要强化决策层坚定不移的决心和意志，久久为功，增强开展“创文”工作的坚定性和可持续性。

抓亮点既需要宏观层面的认识，也需要微观层面的实践。如何把市委、市政府推进文明城市创建的决心转化成全市各个层级的具体工作，很大程度上取决于抓亮点的引导。榜样的力量是无穷的，抓亮点就是要立榜样，树典型，用身边的人和事进行对比，强化城市环境改变和面貌改观的责任意识。

抓亮点也是科学的工作方法。无论是各级领导还是新闻宣传，都要善于寻找亮点，发现亮点，展示亮点，传播亮点，让整个城市的文明创建工作始终处在前有尖兵，后有追兵，一浪推一浪，一浪高一浪的良性推动之中。

攻难点。文明城市创建工作，不应就创建论创建孤立来抓，而要把它放在整个咸宁改革开放发展的大格局中审视。用文明城市创建推动改革开放发展，用改革开放发展促进文明城市创建，重点是三个“结合”。

文明城市创建与优化营商环境相结合。营商环境优化与文明城市创建有着千丝万缕的联系。如果说政策、观念、服务是软环境，城市规划、市民文明素质、城市管理则是投资人看重的硬环境。作为投资者来说，不可能把大的投资项目放在一个环境脏、乱、差，服务慢、拖、散的不文明环境之中。所以创建文明城市，既是提高文明水平和素质的过程，也是优化营商环境的过程。文明城市创建所形成的环境意识、责任意识、效率意识、落实意识，将极大地推动营商环境的改善和优化，从而让文明城市创建成为优化营商环境的最佳推手。

文明城市创建与项目落实相结合。文明城市创建是一个带队伍、抓落实、创品牌的过程，核心是人文素质提升。文明城市搞得好的地方，一定是项目落实的“风水宝地”。一个城市如果文明建设都搞不好，何谈大项目、优质项目落地？越是大的项目，投资者越看重一个城市的文明素质。美丽的自然环境、良好的人文素质、优越的城市面貌是吸引投资和项目落地的“环境磁场”。

文明城市创建与开放相结合。从投资规律来看，资本和项目往往喜欢向开放的地区聚集。因为开放能够促进各种要素和资源的快速流动，增强城市整体实力。而文明城市本身就是一个促进城市开放的系统，要提高城市文明创建水平，必须敞开大门，吸收全球文明城市建设的有益经验，把人类建设文明城市的规律有效地运用在咸宁，在开放中走出一条文明城市创建的新路子。

疏堵点。文明城市创建会有诸多堵点，疏通堵点的过程就是提高文明城市水平和素质的过程。疏堵点在认识上要把握好社会主要矛盾这条主线，即人民日益增长的美好生活需要和不平衡不充分的发展之间的矛盾。通过化解矛盾，可促进堵点畅通。在这方面，《咸宁日报》系列评论已经有了比较多的认识。与此同时，也找到了致堵的原因，如重视程度不高、整治力度不大、工作方法简单、思想意识松懈等。找到了原因，就有了疏通堵点的方向，就可以运用“木桶理论”，不断加长最短的那块木板，以增强整个城市的文明容量。办法就是推进完善基础设施建设，推进市容环境整治，强化生态环境治理，做好政务服务和营商环境提升，加强小区建设管理，推进交通秩序整治。堵点已经找到，也有了整治的重点和方向，无论各项工作还是新闻宣传，关键是要转到抓好落实上，一步一个脚印，把文明城市创建工作扎扎实实地推向深入。

新闻 XIN WEN

BIAO TI PIAN 标题篇

让标题再漂亮一点

反复品味观察2017年11月1日至20日的《咸宁日报》头版全部新闻的标题，发现能让人眼前一亮，能够吸引人将新闻报道阅读下去的好标题数量比较有限。

头版是报纸的面孔，代表着整个咸宁和咸宁日报社的形象，从外面来到咸宁的人，除了市容市貌之外，最早接触到文字化的信息和形象就是《咸宁日报》。所以说《咸宁日报》既是咸宁形象的重要载体，也担负着展示城市形象的特殊使命。

从客观来讲，头版较多地承担着中央、省、市党委及政府重大党政信息的传播责任，尤其是头版头条，固定格式的标题会多一些。尽管如此，20天中，《咸宁日报》仍有六个头版头条是自采新闻和标题，占到全部头版头条的30%，其中11月16日《借东风谋合作促双赢》如果改成《欲“借东风”谋双赢》，味道就会大不一样。咸宁赤壁是三国演义“借东风”的遗址，“借东风”既用了三国的典故，又用了东风汽车公司的企业名称，借的是东风汽车公司的东风，谋的是城市和企业的双赢，稍加改动，内涵和韵味大不相同。

标题是新闻的眼睛和灵魂，看文先看题，题好一半文，尤其是互联网时代，标题在一定程度上决定了新闻的影响力和人们的阅读兴趣。

互联网上常出现的“标题党”，往往是哗众取宠的产物，但用好标题才能吸引读者，这也应该引起媒体的重视。好标题，可以让人过目不忘，回味无穷。如描述东风汽车公司借助国际资本加快发展的《东风如何“借东风”》；赞扬武汉大型活动租赁广州高端设备节省经费几千万的《广州“金菩萨”来汉“打短工”》；在数以万计反映湖北丹江口水库南水北调一库清水送北京的新闻中，曾有一篇新闻的题目让人记忆深刻：《倒挂天河润京畿》。

对于一篇好新闻，读者能记住内容的往往不多，但记住题目的很多。记文不如记标题，这也符合新闻的传播规律，因为好的标题能产生好的结构和表达。作为一份党报，更应高度重视标题的提炼，以把党报在读者中的影响力发挥到最大。

一张报纸，要凝聚好的标题，一定要注意抓好三个环节：

记者要认真研题。记者处在新闻采访和写作的第一线，是大量鲜活材料和新闻事实最早的接触者，是把握新闻事实和命题的第一道关卡。采访结束后进行写作时要树立认真研究标题的习惯和思维，因为好的标题有了，结构和语言就可以随之而来。标题是纲，纲举目张。优秀的记者一般都具备命出好标题的本领，也就是说，要努力让好标题出自记者本人之手，而绝不把命出好标题的机会留给编辑和其他人员。

编辑要反复润题。相对于一线记者，编辑更超脱，更客观，有更多的时间和空间来酝酿和考虑对标题的选择与修改。编辑除了看结构和文字外，很重要的一项工作就是润题，这是化平庸为神奇的关键所在。编辑能不能出彩，润题是个重要的能力。也许内容平平的稿件，因为编辑重新命题出色，能使整篇文章光彩夺目。

领导要高端定题。编辑部的领导相对于其他党政干部来说，除了把握正确的舆论导向，很重要的就是促进优秀新闻作品的生产，以充分发挥党报的舆论影响力，推动本地的社会经济发展。编辑部的领导除了把握政治导向，其对新闻标题的把握，也是其政治理论、文学底蕴、新闻素养的综合反映，决定了整个新闻团队的实力、素质和业务能力。因此，作为编辑部的领导，一定要具备高端定题的能力，这样才能让编辑部具备“高人一筹”的能力和水平，带领整个团队把标题命好、把新闻写好、把报纸办好。

好标题如何贴近群众

标题口语化、接地气是在移动互联网冲击纸质媒体的严峻形势下，报纸要认真面对的一个重要课题。看书先看皮，看报先读题。在整个新闻阅读过程中，标题为读者第一视角接触点，是报纸诸多影响力环节中最值得关注的一个节点。看了 2018 年 2 月以来的《咸宁日报》，印象较深的标题有《成如容易却艰辛——我市去年工业经济运行观察》《一个广场承载的乡愁》《为高质量发展按下“快进键”》《也随嫦娥奔月去》等。但从整体上看，接地气、能够引起读者阅读兴趣的好标题还是不多，值得引起高度重视。

“他山之石，可以攻玉。”近年来，《人民日报》高度重视好标题的选择，紧紧围绕让读者读下去这个影响力的第一环节，不断推出了许多令人为之叫绝的好标题。报社每两个月要推荐一次好标题，评出一、二、三等奖。2017 年共评出 64 个好标题。

让标题会说话、接地气，《人民日报》特别强调标题的口语化和人情味。这样就是希望改变冷冰冰的面孔和一味教育人的口吻，通过标题让报纸更加贴近读者，以亲近感为载体，让群众喜闻乐读。

2017 年 2 月 15 日，《人民日报》头版新春走基层栏目的报道《俺用手机种蔬菜》，标题取自某生态园负责人对记者说的话：“没想到俺们可以用手机种蔬菜了。”这个口语化的标题，接地气、有温度，讲出了群众对科技惠农的真实感受，令人拍案叫绝，回味无穷。

《人民日报》强调标题口语化、接地气，主要呈现出以下三个特点。

语感强，对称美。新闻标题中运用对仗，能使标题呈现平衡感和对称美。既弘扬了传统文化，又提升了报道的文化气质。如《地下空空 地上难停》《漫天冰雪飞 满地白银生》《廉自慎独始 心由慎独安》。

语意丰，有情趣。看似平常的话语放在不同的标题语境下，能产生不同的解读，其所蕴含的辩证、双关、悬疑等特点让人过目不忘。如《保险业的“坏孩子”能管住吗？》《降能耗“加减乘除”怎么干？》《税费“红包”激活经济“细胞”》《让企业不再抱着“水缸”喊渴》等。

短而精，易上口。时代的特点会在标题中留下印记。短标题的流行和网络化标题的广泛使用，能够充分体现时代的特点，令读者拍案叫绝。如《云南游：口碑如何赶上颜值》《一个共享的地瓜》《生孩易养孩难》《行李箱再大，也装不下一个家》。标题反映文风，会“说话”的标题，有情有义，能够让读者产生阅读兴趣和认知快感。融媒体时代更崇尚讲故事，标题会“说话”的本领，尤其值得研究和掌握。

好标题的提炼非一日之功。《咸宁日报》作为地方党报，除了在编辑部内营造一种重视标题的良好氛围，也可以借鉴《人民日报》的做法，每季度评选一次好标题，对那些在读者中引起良好反响的标题给予奖励。每年评选优秀新闻时，把标题列为其中的一个评分项，通过各种形式，形成全报社上下重视标题的良好氛围和强大气场，让好标题不断涌现，影响力逐渐增强。

乐见题文接地气

让党报文风清新，耐读耐看，入脑入心，是长期以来各级党委及宣传部门高度重视和要重点解决的问题。毛泽东同志倡导全党办报，群众办报，早在1931年，谈到怎样办好《时事简报》时，就要求一定要用群众语言宣传；改革开放以来，邓小平同志的重要讲话，思想新、内容新，但讲的都是大实话，是老百姓一听就懂的语言；2016年2月19日，习近平总书记在人民日报社和人民网调研时强调，新闻战线的同志也要接地气、深入基层，这样才能了解真实的情况。①

党报新闻接地气，不仅是落实党的方针政策，让党员干部和人民群众喜闻乐见、易于接受的客观要求，也是在互联网和融媒体时代，提高新闻竞争力和权威性的必然选择。

2020年7月20日，《咸宁日报》在头版头条刊发了长篇通讯：《全省首创！咸宁有个人民调解中心——听人劝，矛盾纠纷化解一大半》。这篇报道，来自基层、文风朴实、结构精巧，在接地气方面体现了三个鲜明的特点。

题材接地气。这篇通讯的题材鲜明地标示了它的内容，即全省首创的人民调解中心，这本身就是一个新闻内涵十足的基层报道选题。我们常说，新闻贵在有“新”：新的人物、新的思想、新的现象、新

---

①《习近平总书记到人民日报社调研时的讲话》，新华社2016年2月28日。

的举措、新的情感、新的理论。林林总总，只要有一点能在“新”上取胜，新闻就能站住脚。除了全省首创这个创新点之外，还有它的背景依托——2020年7月10日，咸宁人民调解中心的主创案例——实施集约化一站式调解基层矛盾，获评首届湖北社会治理创新十大案例。而这个案例是咸宁市贯彻落实习近平总书记关于“坚持把非诉讼纠纷解决机制挺在前面”重要指示精神①，从源头上减少诉讼增量，深入推进社会治理体系和治理能力现代化的大胆创新和生动实践。这一脉络，不仅赋予了这篇新闻报道在题材选择上的接地气和思考深度，也在逻辑联系上体现了咸宁创新解决与群众利益攸关的操心事、烦心事、揪心事、伤心事的时代背景和社会意义。

标题接地气。《听人劝，矛盾纠纷化解一大半》这个标题，口语化特点十分鲜明，用当地方言读起来合辙押韵，一看就容易记住。随着新媒体的发展，“网红”语言和网络流行语越来越多地占据了互联网新闻的标题位置，虽然其中不乏“标题党”和哗众取宠的一面，但其接地气，让群众喜闻乐见的方式，还是值得党报借鉴和研究。很明显，《咸宁日报》的这个题目就超越了传统党报命题的习惯，选择了一个很容易被群众所接受的口语化标题，而且这种选择不是空穴来风。除了接地气以外，还有一个重要的数据支撑：人民调解中心将11个行业性专业性调委会、70多名法律服务人员整合到一个平台，实施集约化“一站式”调解，基层矛盾调解成功率高达72.6%，正好是一大半的范畴。在互联网和手机媒体成为人们获取新闻主渠道的今天，党报的新闻标题更要注意运用鲜活的网络语言来标新立异，吸引读者，使人看到了标题就有强烈往下阅读的兴趣，从而使新闻宣传更

①《习近平总书记在中央政法工作会议上的讲话》，《人民日报》2019年1月16日。

具时代特色和舆论影响力。

行文接地气。这篇报道来自基层，和人民群众的利益密切相关。整篇稿件用了大量鲜活的群众语言。如在回答群众反映的问题——有信访部门，为何还要增设人民调解中心时，报道使用了一句形象化的描述：信访部门就像综合医院，受理、分流、督办群众诉求，而人民调解中心就像专科医院，针对性地回应群众诉求，让基层矛盾纠纷有地说理，有处评理，有人处理。这篇报道在结构上也很有特色，全文按照人民调解中心机制创新点在哪里、72.6% 的调解成功率是如何达到的、27.4% 的纠纷为什么没有调解成功及如何化解纠纷的结构思路，层层递进，按类分析，逐步解答，不回避问题和矛盾，从而使整个新闻有了令人信服的逻辑力量，增强了文章的可读性和说服力，赋予了党报新闻更为深刻的社会内涵。

附　录

FU LU

创建中国特色新闻批评学正当时

——读魏劲松同志《高看一筹》有感

魏劲松同志的这本书，运用马克思主义新闻观的正确立场、科学方法，对《咸宁日报》新闻报道工作进行了富有创建性的阅评。作者充分利用自身长期从事经济新闻报道的优势，以把握经济大势的眼光去观察新闻报道对当前地方经济发展状况反映的情态，肯定成绩、指出不足，在客观点评新闻作品成败得失的同时，也将自己对于区域经济发展的若干思考心得和盘托出，不仅对提高新闻报道的策划能力、组织能力、表现能力大有裨益，而且对各级领导干部如何运用新闻分析经济形势把握发展规律推动高质量发展，具有十分重要的借鉴参考价值。

作者长期从事新闻采写工作，行文十分流畅，似与读者聊天，娓娓道来，十分自然妥帖；论事如数家珍，不厌其烦；分析鞭辟入里，精当高妙；读之兴味盎然，趣味横生。

本书紧密结合当前新闻实际和社会经济实际，尤其是对各级领导机关通过阅读新闻来指导社会经济发展具有重要的参考价值。其在满足社会实际需求的同时，传播正能量，提振精气神，尤其是在如何运用新闻批评推动社会经济发展方面将和读者产生共鸣，影响读者阅读购买行为，必将产生较好的社会效益和经济效益。

这些优点自不用我说，读者诸君都会领会到。我特别想说的是，这本书对于创建中国特色新闻批评学正当时。

为什么这么说？是基于以下几个方面的考量。

首先，这本书告诉我们，蓬勃发展的中国特色基层治理呼唤创建中国特色新闻批评学。

经济民生最突出的矛盾和问题在基层，社会治理最坚实的力量支撑也在基层。习近平总书记指出，社会治理的重心必须落到城乡社区，社区服务和管理能力强了，社会治理的基础就实了。①要调整和完善不适应的管理体制机制，推动管理重心下移，把经常性具体服务和管理职责落下去，把人财物和权责利对称下沉到基层，把为群众服务的资源和力量尽量交给最贴近老百姓的基层组织去做，增强基层组织在群众中的影响力和号召力。

当前基层社会治理体系中仍存在不少薄弱环节，要补的短板还很多，必须通过改革加以解决。这本书选取《咸宁日报》这个新闻媒体予以评析，在评析中让人深刻感受到新闻媒体，特别是网络媒体在其中起的作用不可忽视。让大家明白，在推行矛盾纠纷多元化解机制的背景下，善待善用党报和互联网，了解社情民意，引导社会情绪，将矛盾化解在前端，推动实际工作，是破解基层社会治理困局的具体实践和必然要求。

这本书告诉我们，在推进基层社会治理能力现代化的今天，越来越需要“高看一筹”的新闻批评。通过新闻批评我们可以迅速知道什么样的新闻报道反映了社情民意，什么样的新闻报道和新闻评论巧妙引导了社会情绪，什么样的新闻报道将矛盾化解在了前端，推动了实际工作。这本书告诉我们，蓬勃发展的中国特色基层治理急切呼唤创

---

①《在参加十二届全国人大二次会议上海代表团审议时的讲话》，《人民日报》2014年3月6日。

建中国特色新闻批评学。

其次，这本书告诉我们，传统的新闻阅评学已经满足不了日益发展的新闻传播实践需求，迫切需要由新闻阅评学拓展上升为新闻批评学。

2009 年 10 月，刘祖禹、胡文龙主编了《新闻阅评学》一书。该书引用了许多新闻阅评方面的案例，认为新闻阅评指的是新闻报道发表后有关部门、媒体的相关人员包括广大受众对报道所进行的评议、评价或者推介的一种科学机制和方法。它作为新闻报道的一种检验、反馈、服务和监督手段，日益显示出其重要性和必要性。但是，学者研究表明，仅仅局限在新闻阅评，很难恰当地适应日益发展的新闻传播实践。于是在 20 世纪 90 年代，台湾学者介绍引入了西方媒介批评理论，学者开始在《报刊之友》杂志（后改为《今传媒》）上进行探讨，提出要发展中国媒介批评，有的学者认为要建设中国特色的新闻批评学。

1997 年初，以刘建明教授为代表在《新闻出版报》上发起了关于建立新闻传媒评论学的讨论。其中“传媒评论学”有借鉴美国著名的媒介批评杂志《哥伦比亚新闻学评论》之意。不过，这两个专栏都是以理论探讨为主。此后这一问题逐渐受到重视，夏琼以新闻评析为题进行了研究。王君超从媒介批评的历史与走向角度加以梳理，2000 年 2 月刘建明为其专著《新闻批评学概论》作序，澄清新闻批评与批评报道、西方的传媒批评（或媒介批评）的区别。但是，不知道什么原因，刘建明先生最终出版的书籍命名为《媒介批评通论》。

由此，媒介批评在学术上有了一个新的突破，这标志其作为一门独立学科完成了理论构架的初步搭建。但是，很显然，正如媒介批评学者董天策认为的那样，如果媒介批评把媒介上传播的所有内容作为自己批评的对象，那么就和文学批评、电影批评有混淆之处，所以有的学者就提出媒介批评学究竟要批评什么，其边界在哪里的问题。因此，适应中国特色，以接地气的方式提出建设中国特色的新闻批评学，让广大读者所熟悉的“新闻”一词进入学术视野，新闻批评学似乎比媒介批评学更加受到百姓关注，更加容易推广一些，这大概也是媒介批评学历经20年仍然争论颇多的原因所在。正是经过不断的反思、研讨和推论，这本书出版恰逢其时，到了创建中国特色新闻批评学的时候。

最后，这本书告诉我们，融媒体时代新闻传播人才队伍建设迫切需要一部新闻批评学。这本书是作者在潜心研究《咸宁日报》新闻作品后提出的新闻批评。作者往往能从新闻作品本身看出其背后隐藏的新闻写作规律、新闻作品指导地方经济发展的若干规律。从目前所见新闻阅评类的书籍来看，多为某省或者全国新闻媒体作品的阅评汇集，专注于一个地区进行新闻批评的书籍，目前还比较少。

作者选取咸宁这个具有后发优势的地区的新闻报道实践进行批评，眼光十分独到，对目前关注县域经济发展的地市级政府尤其具有指导性。作者分明就是借鉴文学批评的手法，将自己的对于《咸宁日报》新闻报道的品评鉴赏上升到一种类似于文学批评式的新闻批评。

作者自觉地将这种新闻批评作为新闻活动的一个重要组成部分，构成新闻理论不可或缺的重要内容和新闻活动整体中的一种动力性、引导性及建设性因素，既推动新闻采访写作，影响新闻从业者的专业素养提升，又推动新闻作品的传播与接受。作者的这种新闻批评从新闻实践出发，又反作用于新闻实践，通过对新闻作品进行分析和评论，既能影响新闻从业者对新闻的理解，以及新闻采写专业工作的开展，又能影响读者对新闻作品的鉴赏与新闻社会功能的发挥。

作者的这种新闻批评，如果能形成风尚和流派，则对建设中国特色的新闻批评学和中国新闻批评史具有极大的学术推动价值。进一步说，这本书也告诉我们，我们所处的融媒体时代新闻传播人才队伍建设迫切需要一部中国特色的新闻批评学作为理论指导。

刘立成

平顶山学院新闻与传播学院教授、高级记者

后　记

HOU JI

《高看一筹》“高”在哪里

《高看一筹》是三年来为《咸宁日报》撰写新闻阅评文章的结集。党的十八大以来，新闻阅评工作得到了各级党委宣传部的高度重视。从中共中央宣传部到各省市党委宣传部都建立了阅评机构，形成了健康运行的良好机制，这对于确保舆论导向正确，加强新闻队伍建设具有重要意义。

新闻阅评是一项新的工作和探索，没有现成的经验可供借鉴，作为全国比较早的以城市党报为主体的阅评作品集，《高看一筹》集中体现了对新闻阅评工作规律性的认识。它的“高”主要体现在三个方面。

“高”在宏观意识。地市党报在我国党报体系中，具有最为庞大的读者群体，是承上启下，加快地方社会经济发展最为重要的新闻载体。阅评好这类报纸，宏观意识是不可缺少的重要因素。因为地市党报承载着贯彻落实中央精神、省委部署、市委决策宣传的重要任务，只有依托宏观背景，写好报道、做好宣传、办好报纸，才能体现党报的权威性，才能挖掘报道的深度内涵，才能在互联网条件下赢得新闻竞争的主动。

要强化报道在宣传层面的宏观意识，阅评者必须不断深入学习和研究中央精神，对中央重要会议、决议和文件要吃深吃透，把握住精神实质和精髓内涵，并结合省委部署和市委重大决策，在宏观层面理清城市发展的思路和落实举措，并通过新闻阅评表达出来。

如果缺乏宏观意识，阅评者很难在大的背景和层面上对新闻阅评工作提出重要的指导意见，只能就事论事，一般性评论，这在某种程度上就失去了新闻阅评的意义。

归纳起来，办好报纸，写好阅评，离不开宏观意识的确立，而宏观意识来自对中央精神的学习研究，来自对省委部署的深刻领会，来自对市委决策的分析把握。这既是新闻阅评不可或缺的重要背景，也是办好报纸必须依托的核心内容，集中反映出报纸的舆论传播和新闻竞争的特性。

“高”在引导能力。宏观意识固然重要，但办好报纸，吸引读者，还必须不断加深对市情的研究和城乡发展趋势的把握，它的落脚点必须体现在舆论引导能力上。

在互联网条件下，人们的阅读方式有了很大的改变，读新闻看手机，成为获取新闻资讯的主要形式。地市党报如何办？如何能够在互联互通条件下各种海量资讯的新闻竞争中赢得主动？现实课题无可回避地摆在了办报人和阅评者的面前。

应该看到，无论互联网多么发达，党报的权威性都是其他媒体无法取代的，尤其是在重要的决策节点、新旧动能转换的关键时期和新发展观产生的前后，党报都在其中发挥着引导舆论、引导思路、引导发展的重要作用。

作为阅评人员，要有引导决策和舆论的眼光，通过对一系列新闻作品和版面宣传的分析，在更高的一个层面上，引导报道做到有新意、有深意、更鲜活。

提高舆论引导能力和水平，不单单是报纸编辑部和采编人员的任务，作为阅评人，既要把握宏观层面的精神，也要通晓城市发展的脉络和市情推进的演变，还必须掌握新闻传播规律和新闻撰写的十八般武艺，在新闻思想、新闻表达、新闻图构、版面版式等各个方面都能够看出报纸的短板和不足，这样才能评出新意和深度，才能让编辑部的领导和采编人员有所收获，才能真正提高办报水平和传播能力，让城市党报真正成为引导舆论传播、引导决策宣传、引导工作落实的推进机和加速器。

“高”在促进发展。以人民为中心的社会经济发展，既是党的工作中心和决策起点，也是新闻宣传和舆论传播的落脚点。发展是永恒的主题。作为一座城市，新的发展内容、人物、事件层出不穷，这就为我们新闻传播提供了最好的载体，关键在于我们是否具有发现的眼光和新闻表达的能力。

2018 年 10 月 19 日到 20 日，《咸宁日报》在头版连续刊出了“比思路、比项目、比作为……市拉练检查团赴县市区检查实录”的重点系列报道。10月29日的新闻阅评《在“比”中图谋新发展》，围绕“看精神状态、看科学方法、看落实力度”三个层面，进行了新的概括。时任市委书记批示：“好点评，印发市级领导、县市区、市直部门主要负责同志学习参考，提神鼓劲。”一篇阅评，能够得到市委书记的重视，说明它符合市委、市政府对发展问题的认识，可以成为推动工作和发展的重要力量。

在《高看一筹》出版之际，首先要感谢时任咸宁市委常委、宣传部长闫英姿和宣传部的孙方成同志，没有他们的盛情相邀和看重，就没有这本书的产生；还要特别感谢中国记协国内部主任殷陆君，在百忙之中为该书作序；同时要感谢刘立成教授专门写的文章《创建中国特色新闻批评学正当时》，该文由新闻阅评引出了创建“新闻批评学”的构想。另要致谢湖北人民出版社和该书的责任编辑，大家都为此书出版付出了辛勤的劳动和心血，我将心怀感激，永远铭记。